담덕이의 정원은
스텔라의 농원

단발머리 담덕 세 번째 책

담덕이의 정원은
스텔라의 농원

초판 1쇄 인쇄일 2023년 3월 24일
초판 1쇄 발행일 2023년 3월 30일

지은이 | 스텔라
펴낸이 | 양옥매
디자인 | 김영주
교　정 | 조준경

펴낸곳 도서출판 책과나무
출판등록 제2012-000376
주소 서울특별시 마포구 방울내로 79 이노빌딩 302호
대표전화 02.372.1537　**팩스** 02.372.1538
이메일 booknamu2007@naver.com
홈페이지 www.booknamu.com
ISBN 979-11-6752-196-5 (03810)

담덕이의 정원은
스텔라의 농원

스텔라 지음

책과나무

담덕이와 나는 종류가 다른 생명체로 만났지만
순수한 사랑으로 연결되어 있다는 걸 알 수 있었다.

옹달샘 언어로 나무와 새들과 이야기하는 담덕이 덕에
나무들의 어떤 슬픔과
코끼리, 북극곰, 돌고래의 아픔을 깊이 공감하게 되었고
아침마다 두 벚나무 앨리와 그레이스에게 인사하는 담덕이가 있어
잊혀 가던 나의 농원이 정원으로 조금씩 바뀌고 있다.

다양한 생명들이 자연 속에서 같이 어우러지는 삶을 생각하며
단발머리 담덕의 세 번째 책을 만든다.
제목처럼, 스텔라의 농원은 담덕이의 정원 안에 있다.

『단발머리 담덕』

2013년 봄부터 시작된 첫 번째 이야기.

『삶이 웃는 날은 쉬어 간다』

2019년 초여름부터 이어진 두 번째 이야기.

『담덕이의 정원은 스텔라의 농원』

2021년 봄부터 세 번째 이야기.

♣ Contents

3월

*

날고 싶은 아이

마당 한편에 욕심껏 장미를 더 들이고자 묘목들을 준비해 놓고 땅이 부드러워지기를 기다렸다.

결혼기념일 여행 일정을 줄여 오늘 하루 농원에서 같이 땀 흘리고 싶다는 나의 바람을 피식 웃으며 남편이 들어주어 담덕이랑 다 같이 정리하고 나르고 자르는데, 아주 신났다.

무엇이든 쉽게 가르쳐 주는 남편 덕에 내겐 어려운 장미에 대한 자신감도 조금 생기고ㅎㅎ

거름을 듬뿍 주고 땅을 고르면서도 종류별로 다양한 장미들의 색깔과 키 높이 등을 고려하며 마음이 들떠 날이 조금 더 풀리면 얼른 심어 보고 싶었다.

푸근한 날씨에 한나절 일하는 엄마, 아빠 옆에서 담덕이는 묵묵히 기다릴 줄 알고.

창고를 뒤져 줄장미 지지대로 사용하면 좋을 듯한 칸막이를 찾아 웃으며 나오는데, 봄비가 차분히 내려 주어 아~ 빗속에서 우린 그냥 좋았다.

아이리스, 세이지 등등….

새순을 보여 주는 많은 아이들과 반가워하다 보니
담덕이는 라일락 무리 끝 쪽에 있는 매실나무 아래에서
아직 덜 핀 매화꽃에게 마음을 전하고 있었다.

어느덧 대파도 쑥~

겨울 동안 꿈꾸며 기다리다 너희들이 맞이하는
이 봄은 어떤 세상인지….

나는 너희들이 기특하기만 하구나.

먹기 알맞게 따스한 카스텔라 같은 오늘
장미 묘목들을 심었다.

담덕이와 함께하는 이 순간이
얼마나 행복한지~~

남편이 지나가다 사진 한두 컷 남겨 주니,
그것도 고마워하자.

좋아하는 큰 토분에 마가렛을 심었다.
작은 토분들을 가지런히 정리했다.
애플민트와 캐모마일 모종을 나누었다.

손마디가 욱신거리고
봄 햇살에 얼굴이 따끔따끔거렸다.

어이없는 표정으로 반만 웃으며 스텔라를
억지로 이해하는 남편의 눈길이 느껴졌다.

온전히 스텔라 엄마를 알아주는 담덕이와
함박웃음 가득 목련꽃을 바라보았다.

소프워트도 새순이 올라오고
라일락, 살구나무, 벚나무도 꽃 피울 준비를 하고 있다.

어린 해당화 옆에 있는 담덕이를 슬쩍 지나치며
레몬버베나 묘목들을 옮기는데 쿵쾅쿵쾅 왈왈~~

담덕이의 옹달샘 언어가 크게 들려 뛰어가 보니
어느새 온실 안에서 새와 술래잡기를 하고 있다.

날고 싶은 아이♡

2021년 3월 24일

우리 집 마당의 봄은 목련이 질 무렵이면 살구꽃이 아름답고,
그다음엔 벚꽃이, 그리고 나면 진한 라일락 향이 주변을 감동시킨다.

이른 아침 농원 일을 하며 자연과 마주하면 고요한 명상으로 이어진다.
담덕이도 나도 굳이 말이 필요 없다.

나의 영혼이 나의 말과 행동을 다스릴 수 있기를 바라는 마음뿐♡

4월

*

담덕이 털 사이로
꽃이 피어날 것 같아

친구야 딸 진이가 어느 날 나에게 물었다.
"이모 별명이 수선화였다면서요?"

수선화는 고교, 대학 때 나의 별명이었다.
후후~ 꽃을 닮아서 그런 게 아니고 자아도취되어 사는 아이라서…ㅎㅎ

여대를 다녔던 나는 그 당시 세련된 친구들이 멋지게 소화하던 구멍 뚫린 청바지를 입어 본 기억도 없다. 엄마가 사 주신 (그 당시엔 비싼) 무스탕 재킷을 입지 않고 손뜨개한 카디건에 직접 만든 퀼트 가방과 도시락을 들고 다녀 도무지 엄마 마음에 들지 않던 아이였다.
결혼 후 아이들이 어릴 때 산에 들어가 살겠다고 했을 때에도 엄마는 어이없어하셨다.

어쩌면 나는 지금도 남의 눈을 의식하지 않은 채 자아도취되어 꽃을 심으며 즐겁게 사는 건지도 모르겠다.
지금은 남편이 지원을 해 주니 담덕이와 이리 살 수 있는 거지만.

지난 주말에 흠뻑 내린 봄비에 노오란 얼굴을 야무지게 보여 주는 장독대 앞의 수선화가 참 예쁘다.
노란 튤립들 사이에서 홀로 빨간 튤립도 예쁘다.
나는 나이 들어가는 스텔라도 예쁘다고 생각한다.
이러니 스텔라가 수선화겠지, 하하.

담덕♡
너는 꽃길만 걸으렴.

앨리와 그레이스가 날아다닌다.
나의 마음도 날아다닌다.
꽃비가 내리는 창가를 서성이니~~

좋아하는 토분을 트럭 한가득 담덕 아빠가 사 주며
흩날리는 마음을 잘 다독이라고^^

오늘처럼 바람이 많이 부는 봄날이면,
담덕이는 그 많은 털 사이사이에 온갖 종류의 꽃잎들을 섞어 와
담덕이 털 사이로 꽃이 피어날 것 같다.

온실에서 꽃피운 라벤더들을 노지에 옮겨 심었다.
엄마가 일하는 동안 담덕이는 라벤더 화분에게 인사하고.

마당 곳곳에 자리한 오십여 그루의
크고 작은 라일락 향이 다음 주엔 가득할 것 같다.

나의 손마디는 더 굵어지고 발뒤꿈치는 더 거칠어지지만
늘 벅찬 감동으로 봄날을 보낸다.

진다홍 왕관 같은 영산홍의 작은 봉오리는,
친구들과 오즈의 마법사를 찾아가는 기특한 도로시에게 씌워 주고 싶다.

그 너머 큰 화분 옆에서 쉬이하고 뛰어내리는
담덕이는 오늘도 행복한 웃음이다.

캐모마일, 페퍼민트, 로즈마리, 라벤더 등등
모든 아이들이 반짝반짝 빛이 나는 4월의 아침이다.

중학교 때 등굣길에 라일락이 담 너머로 예쁜 집이 있었다.

담 너머 그 라일락을 보기 위해 이맘때면 다른 날보다 일찍 일어나

그 집 앞에서 서성이다 학교에 가곤 했다.

라일락 향은 풋풋한 기억으로 마음에 전해진다.

라일락 향이 스며들면 담덕이 옆에서 잠시 누나가 되어 보련다.

여러 해 전부터 마당에 목수국을 두고 싶었는데 어울리는 자리가 떠오르지 않아 미루고 있었다.

요즈음 담덕이와 아침 마당을 둘러보는데, 자작나무 오형제 아래 수국을 두세 그루 심으면 예쁠 것 같았다.
세이지 무리를 둘러싸고 황금측백이 울타리를 만들어 주는 땅은, 수국을 심어 주었으면 좋겠다고 우리에게 말을 걸어왔다.

'그래, 목련 옆이라 좋을 듯~'

그러자 그 아래쪽 땅도 수국을 원한다고ㅎㅎ
이래저래 머릿속으로 그림을 그려 보며 담덕이와 신이 났다.

트럭을 타고 담덕이와 목수국을 찾아 나서는 길은 여행이다.
남편이 담덕이를 위해 트럭 뒷자리에 널찍한 접이식 받침대를 만들고 광목을 깔아 주어 담덕이도 편하게 트럭에 오르고 누울 수 있다.

유럽 목수국 열다섯을 골라와 여기저기 자리 배치를 하고 심으며 말해 주었다.

여기가 너의 자리야.
잘 지내자^^
담덕이가 매일 인사하러 찾아올 거야♡

담덕아, 이리 와 봐.
네 등에 벌레가 들어갔어.

담덕이의 털이 숲이라도 되는 듯
벌레들이 날아들어 가곤 한다.

마당 곳곳에 사용할 돌들을 잔뜩 부어 놓고,
힘이 들어 묵혀 둔 절벽 아래쪽 땅에서 골라 온
큰 돌들을 모아 테라스 옆 화단을 새로 다듬고,
남편이 좋아하는 청양고추와 내가 좋아하는 상추를 심고….

열심히 즐겁게 바쁜 날들에 환한 담덕이의 웃음이 있어 더 행복하다.
큰 돌을 모아 새로 다듬은 화단에는 바질을 키울 생각이다.

어느덧 아홉 살 담덕이.
아침에 서너 시간을 마당에서 거뜬히 뛰어다니던 담덕이는 요즈음 예
전보다 힘들어해 시원한 느티나무 아래 벤치에서 엄마의 동선을 확인
하며 휴식을 취하곤 한다.

가끔 손님들이 허브위 운영 시간이 너무 짧다고 말씀하시면 고개 숙여
지는데, 엄마가 일하는 동안 계단에서 기다리는 담덕이를 위해 스텔라
삶의 형태가 바뀌었기 때문이다.

정원 일은 많이 (담덕이의 정원)
농원 일은 조금 (스텔라의 농원)

허브위 가게는 11시부터 몸과 마음이 불편하지 않은 시간까지만 하며,
담덕이와 함께하는 애틋한 시간들을 가슴에 저장해 두려 한다.

바람이 불고, 비가 오고, 꽃향기가 날리고, 눈이 내리고….
잔잔하고 설레는 이 삶이 한 번뿐이기에 마음이 흐르는 대로 한다.

"클레마티스가 피기 시작하면 초대할게요."

지난번에 은방울꽃을 주시면서 말씀하신 걸 잊고 있었는데,
돌담장 타고 클레마티스가 예쁜 날 우리를 부르셨다.

모아 두셨던 와인 중에서 고르는 재미도,
로즈마리에 재운 고기를 저온에서 천천히 바비큐 하는 것도,
직접 키운 루콜라로 샐러드를 만들면서도 무척 즐거우셨단다.

정원 한편에서 시원한 바람과 맑은 하늘과 꽃들과
삶의 친구들과 함께하니 와인의 매력을 제대로 알 것 같았다.

따뜻한 정성이 가득한 저녁 초대에 담덕이도
같이 어울리며 행복을 담아 왔다.
(담덕이는 클레마티스 향을 맡느라 바빴음ㅎㅎ)

좋은 이웃을 가진 건 삶의 큰 축복이다.

정원이든 농원이든 주인을 닮는 듯하다.

아무리 예뻐도 빽빽하게 모여 있거나 강한 번식력으로 다른 친구들의
구역까지 마구마구 침범하는 아이들은(개미취·소프워트·민트류 등등) 칸막
이를 땅속 깊이 묻거나 솎아 내 다른 곳으로 옮겨 여유 공간을 둔다.
덕분에 손목이 욱신욱신거리지만^^

담덕이의 정원은 바람이 자유롭게 놀다 가는 곳이어야 한다.

정원 일, 농원 일을 하다 스텔라가 벌에 쏘이고 가시에 찔리고 넘어지는
걸 담덕이는 알지만, 남편에게는 절대 말하지 않는다.
누가 하라고 했냐며, 당장 그만두라고 할 그 대답을 너무나 잘 알기 때
문이다^^ (오늘은 벌에 쏘여 손가락이 통통해지더니 펴지지 않음ㅎㅎ)

5월
*
벌들이 너를
질투할 거야

쑥쑥 자란 로즈마리의 향이 싱그러워
로즈마리잼을 만들려고 싹둑 잘랐다.

열다섯 살이 지난 로즈마리들은 따로 모아 두었는데
보라색 꽃이 핀 그 친구들 옆에서
담덕이가 옹달샘 언어로 얘기를 나누고 있었다.

담덕이도 로즈마리를 좋아해서
부엌 테이블 위에 둔 한 무더기 로즈마리의 향을 맡으려고
살며시 얼굴을 내밀었다.

정원 한편 샬롯·엠마뉴엘·주드·안젤라 등 모든 장미들이 사랑스럽다.

오월의 나는 남편에게, 5일 어린이날에는 딸이 되고 8일 어버이날에는 엄마가 된다.
외롭고 힘든 어린 시절을 보낸 남편의 스텔라를 향한 독특한 사랑법인 것 같아 웃으며 따라 준다.
오늘 어린이날 내가 요구한 선물은 클레마티스를 위한 철망이었다.

담덕이를 위해 우리가 준비한 선물은 음파 칫솔.
손가락 모양 면장갑과 소창으로 닦으면서 음파 칫솔도 사용하는데, 처음 한두 번은 어색해하더니 적응하고 있다.

건강하고 행복하게 세상의 모든 어린이들이 구김살 없이 환한 오늘 어린이날이길♡

데이지 속에서 환한 담덕이의 웃음은 어버이날 선물이다.

담덕이가 학수고대 기다린 작은형아는 정원에 있는 카네이션에 물을 주더니 곳곳에 연결된 거미줄을 제거한 후 울타리 페인트칠을 열심히 하고 있다. (지갑이 가난한 아들의 기특한 어버이날 선물ㅎㅎ)

데이지와 마가렛, 캐모마일은 닮았다.
마당 곳곳에서 데이지가 웃고 있고 마가렛은 이른 봄부터 우리를 즐겁게 해 준 후 쉬고 싶어 한다. 사과 향이 나는 캐모마일은 수확할 때가 다가와 담덕이와 더 부지런한 오전 시간을 보내야 될 듯하다.

성인이 되어도 엄마 눈에는 어린애 같은 아이들이 데이지꽃 같은 환한 웃음으로 살아가면 그것으로 감사하다.
오늘 어버이날, 모든 부모님들 마음이 그러하겠지♡

daisy

marguerite

Chamomile

정원의 장미들을 말려도 예쁘다.

살랑 불어오는 바람과 새소리,
그 옆을 스치기만 해도 기분 좋은 애플민트 향~
그리고 단발머리 담덕.

무엇을 하든 스텔라 주위에서
든든한 호위무사가 되어 주는 담덕이가 있어
잔잔한 웃음을 더하네.

햇볕 쨍쨍 여름 날씨, 오월.
작약을 제대로 감상하는 아이가 있다.

이른 아침 작약이랑 사랑에 빠진 아이.

담덕이 얼굴에 행복이 묻어 있다.

벌들이 질투할 것만 같다.

며칠 비를 맞고 축 처진 수국꽃이 안쓰러워 세탁소의 철제 옷걸이를 잘라 지지대를 만들어 주었다.

내일도 비가 온다 하니 지난주에 포기 나누기 한 체리세이지와 새로 심은 열다섯 그루의 목수국들은 좋아할 테지만, 지금 한창 예쁜 작약과 피어나는 장미들은 많이 떨어지겠지.

담덕이는 분홍색 캄파눌라를 지나치더니 지지대를 해 준 보라색 수국꽃에게 가서 인사하는구나^^

부처님 오신 날 나무에 매달린 연등은 나무가 귀걸이를 한 듯 예쁘고, 레몬밤·바질·오레가노·라벤더 등등의 아이들에게 반짝반짝 빛이 나는 계절이다.

비 내리는 늦은 오후에는 부침개가 생각난다.

결혼 전부터 요리학원을 다녔고 화려한 요리책도 많이 보았지만 까다
로운 남편의 입맛을 만족시키기 어려운 나는, 오래전 속리산의 어느 식
당에서 뵈었던 남경희 할머니가 쓰신 초록색 요리책을 보물처럼 꺼내
볼 때가 있다.

딱 내 스타일~
딸아이에게 얘기하듯 풀어쓰셨다.

이 초록색 요리책을 뒤적이면 남편은 뭔가 기대하는 눈치다.
ㅎㅎ 어쩌나~ 담덕이를 위한 부침개부터^^

파인애플세이지의 위치를 바꾸려는 스텔라 엄마 옆에서 같이 비를 맞
으며 묵묵히 기다려 준 담덕이를 위해 브로콜리와 상추를 갈아 만든 부
침개를~♡
아, 그냥 이걸로 끝내고 싶네^^

담덕이의 정원에서 장미를,
스텔라의 농원에서 페퍼민트를~~

병에 담아 테이블 위에 두니
사랑스러움 가득,
청량한 민트 향은 체한 것 같았던
묵은 생각들도 날려 버리네.

장독대 앞 담덕이의 장미.
풍성한 장미를 보면 들장미 소녀 캔디가 생각나
한 번쯤은 만화를 보며 내가 좋아했던 스테아도 만난다.

어린왕자와 함께 떠오르는 생텍쥐페리도, 스테아도
비행기 타고 어느 행성으로 가 버렸는지~

6월

*

너희들이 편해야

나도 즐겁단다

Peppermint, Spearmint, Apple mint 그리고 박하.

박하를 North mint 또는 Japanese mint라고 하는데
스텔라의 농원에 있는 박하를 나는 Korean mint라 한다(왠지 씁쓸한…).
옛날 어르신들이 기억하는 것으로
오래전부터 우리나라에 있었던 거니까, 내 맘대로.

유월이 되니 다시 여름이구나 싶다.
잡초 뽑는 스텔라 엄마를 기다리는 담덕이가
지루할 것 같아 불렀더니 냉큼 달려오네ㅎㅎ

푹푹 찌는 더운 여름이 시작되었단다. 잘 견뎌 내자.

체리세이지가 예쁜 토요일.

담덕이는 정원 오브제 친구에게 다가가 인사하고,
남편과 큰아이는 담덕이를 위한 놀이터를
정원 한쪽에 만드느라 땀을 흘리고,
나도 담덕이 놀이터의 팻말을 적으며 생색을 내 본다.

장마와 무더위가 오기 전 유월의 바람은 설렘을 품고 있다.

이제 두 아이들이 어릴 때 마당에서 놀던 미끄럼틀을 연결하고
지붕을 덮고 색칠만 하면 완성이다.

담덕, 조금만 더 기다려~
아빠랑 큰형아가 힘을 낼 거야, 하하♡

가든세이지가 달맞이꽃과 어우러지며 듬직하게 자랐다.

펜스데몬, 천일홍도 어여쁘다.

올봄에 심은 수국들도 자태를 갖추어 가고 있다.

남편이 담덕이 놀이터의 지붕을 씌우고 미끄럼틀을 연결해 주었다.

나무로 만든 놀이터의 바닥을 매끄럽게 밀어 주고(행여나 담덕이 발에 가시가 박힐까 봐) 미끄럼틀 아랫부분의 앞뒤로도 꼼꼼하게 벽돌을 둘러 주었다.

이제 큰아이가 색칠을 마무리하며 나무 바닥이 상하지 않도록 코팅해 줄 차례만 남아 있다.

다 완성되면 바람이 시원한 이른 아침에 담덕이를 데리고 나와 자세히 설명해 주려 한다.

어쩌면 담덕이는 우리들이 담덕이를 위해 만들어 가는 놀이터의 모든 과정을 보았기에 이미 알고 있는지도 모르겠다.

방랑식객 임지호 선생님께 드려요.

담덕이의 정원에서 분홍색 수국을,

스텔라의 농원에서 유칼립투스를~

자연 그 자체에 사랑을 담아 요리를 예술로 만드셨던

임지호 선생님의 선한 웃음엔

늘 어떤 외로움이 배어 있는 듯했다.

분홍색 수국의 꽃말은 진실된 사랑,

유칼립투스의 꽃말은 추억.

하늘나라에서 진실된 사랑 듬뿍 받으시길요, 우린 추억하겠지요.

헛헛한 마음을 추스르며 손이 가는 대로

뚝딱 만들어 본 감자전치즈피자?

오물오물 야무지게도 먹는 담덕이 모습에~~

삶이 웃어 버리네ㅎㅎ

오랜 시간 스텔라와 같이 허브농원을 관리해 온 담덕이가 라벤더와 로
즈마리보다 더 즐겨 먹는 허브는 레몬버베나다.

비에 젖은 레몬버베나를 먹을 땐 이파리에 맺힌 물방울까지 달게 먹는
듯하다.
우리는 담덕이의 레몬버베나는 화분에 담아 따로 관리하기로 했다.
지난겨울에는 화분을 집 안에 가져와 담덕이가 원할 땐 언제든 먹을 수
있도록 해 주었다.

수국들도 쑥쑥 자라고, 목마가렛도 어여쁘고….
이런 정원의 모습들을 비 그친 후 차분하게 둘러보는 담덕이는 평화롭다.

앨리와 그레이스에 달린 수많은 버찌들이 땅에 떨어져

쓸어도 쓸어도 밟고 들어오게 되어

현관 입구의 발판이 버찌색 천연염색으로 작품이 되어 가고 있다.

할머니들은 가끔 벗나무에 달린 버찌들이 추억이라며 드시곤 하신다.

떨어진 버찌들을 절대 쓸어 주지는 않는 남편이

대나무 줄기로 커다란 빗자루를 만들어 주어

감사해하며(?) 버찌들을 쓸었다.

다행히 담덕이 발바닥은 까만색이라

버찌들을 밟아도 표시가 나지 않네♡

챙겨야 할 아이들이 많아
더 많은 손길을 주지 못하는 아이들에게는 마음이 쓰인다.
힘없이 처진 장미들도 그랬다.

어떻게든 일으켜 세워 그 우아한 얼굴을 웃게 해 주고 싶었다.

잘 익은 살구를 따다가도 풀을 뽑다가도 신경이 쓰여
방금 지지대를 만들어 주었더니
하아~~ 이제야 편하게 웃는 듯하다.

옆에서 담덕이도 활짝^^

너희들이 편해야 나도 즐겁단다.

2021년 6월 27일

예방 접종을 위해 동물병원을 갈 때마다 병원 입구에서
안 들어가려 하는 담덕이의 모습도 귀엽다.
주사 한두 방쯤이야 아무렇지도 않은 듯 잘 맞으면서ㅎㅎ^^

키우는 고양이들을 위해 부탁하신 지인분의 캣닙(catnip) 수확하랴
캐모마일 티(chamomile tea) 마무리하랴
모른 체 지나치려 해도 눈에 거슬리는 잡초들 뽑아내랴…

바쁘게 움직이는 스텔라 엄마를 따라다니던 담덕이가 지치는지
나무 그늘 아래에서 스텔라를 지켜보며 기다리고 있다.
그래, 두 달에 걸쳐 올해 예방 접종을 마쳤으니 쉬고 싶겠지♡

7월

*

수수한 이 삶이
참 좋다

야로우(yarrow)가 더없이 예쁜 날들이다.
담덕이와 바람 쐬러 나왔는데 도착한 문자~
"딩동! 꽃배달이 도착했습니다^^"
집에 와 보니 예쁜 꽃바구니 선물이 기다리고 있었다.
단아하고 밝은 소영 샘 이미지 그대로 만들어진 작품. 예뻐라, 예뻐라~♡

2017년까지 오랫동안 야외 부엌에서 사용한 냉장고를 재활용해서 남
편이 택배함으로 만들었는데, 이 냉장고 택배함이 소중한 분들과의 마
음 나눔 공간이 되었다.

어느 날은 피자가 들어 있고, 식빵이, 어묵이 들어 있다.
잘 먹는 스텔라를 위해 주로 먹는 걸 두고 가시는 분들^^
서로 시간이 맞지 않을 때에도 이용하지만 간단한 메모나 문자와 함께
쓰윽 두고 가시는 분들도 많다.

오늘 냉장고 택배함 앞에는 야로우 화분이 놓여 있다.
아침 일찍 찾으러 오신다는 어떤 여인을 위해 담덕이의 정원에서 담아
와 스텔라가 둔 것이다.

수수한 이 삶이 참 좋다.

택 배 함

2017년까지 사용한 냉장고를
재활용한 택배함입니다.
문은 살짝·소중히~
택배 아저씨만 이용해주세요.
CCTV 촬영

장마로 밤새 폭우가 내린 다음 날 산속의 아침은 안개 속에 싸여 신비롭다.

이른 아침 테라스에 등을 켜면 나니아로 공간 이동해 내가 어린 루시가 되고, 옷장이 나타나고, 눈으로 뒤덮인 나니아 세계의 가로등 불이 되는 듯하다.

감성적인 담덕이는 비가 오면 다락방에 올라가 혼자 머물곤 한다.
우리는 담덕이의 그 시간을 방해하지 않으려 살그머니 지켜본다.

유니세프에서 감사장을 보내왔다. 어느덧 10년이 되었구나.
습한 장마 뒤에 불볕더위가 찾아온다는 것을 아는 우리들은 장마철에는 제습기가, 한더위에는 에어컨이 되어 주어야 한다, 어린이들에게♡

지구 환경을 위해 불편을 감수하고, 욕망을 자제하고, 마음의 욕심을 덜어 구석진 곳의 어린이들에게 등불이 되어 주고 따스함을 전할 수 있어야 어른이라고 할 수 있다.

방긋방긋 쑥쑥 자란 바질(basil) 잎이 아기의 통통한 뺨 같다.

페스토(pesto)를 만들려고 바질들을 잘랐더니
그 특유의 매력적인 향이 주위에 퍼지며
스텔라를 설레게 하고 담덕이는 스르르 잠들게 한다.

우린 바질과 올리브오일, 마늘, 잣만으로 만드는
기본적인 페스토를 좋아한다.
넉넉하게 만들어 두어도 치즈와 곁들인 샌드위치로 먹으면
며칠 만에 금방 없어진다.

바질페스토 맛이 궁금한 담덕이는
데친 토마토 한 조각에 바나나 두 조각, 달걀 조금…ㅎㅎ
이해해 주렴♡

장미 Jude가 이 무더위에 우아하게 자라 주어 고맙다.

텃밭 농사를 썩 잘하지는 못하는 스텔라를 위해 지인들이
당근, 감자, 마늘, 때로는 순두부까지 나누어 주셔서 고맙다.

욕심껏 챙겨 주지 못해도 습한 더위를 잘 견뎌 내는
캣닙, 로즈마리, 한련화 등등 다 고맙다.

분홍색 하트 물그릇에 얼음 가득 담아 주면
마냥 행복해하는 담덕이도 고마워♡

친구야네 정원에서 선물받아 심었던 에키네시아가 환하고 예쁜 내 친구야를 닮았다.

담덕이는 요즈음 아침이면 로즈마리·수국·램스이어·소프워트 등등과 함께 에키네시아에게도 인사를 한다.

해마다 늦봄이나 초여름이 다가오면 우린 꺼비를 기다린다.
어디에선가 불쑥 나타나 잘 있다고 알려 주기 때문이다.

올해도 어김없이 나타났다.
비슷하게 생긴 두꺼비들이지만 담덕이가 옹달샘 언어로 거리낌 없이 친구야 하는 걸 보고 이 두꺼비가 우리의 꺼비라는 걸 알 수 있었다.
그저께 낮 더위가 심했을 때에는 그늘진 창고 구석에서 웅크리고 있더니, 오늘 아침에는 보라색 수국 아래에서 우리를 기다리고 있었다.

담덕이와 꺼비는 서로의 다름을 인정하고 배려해 주는 좋은 친구들이다.

큰아이가 오면 담덕이와 깊은 포옹으로 아침 인사를 한다.
스텔라 엄마를 위해 여름날의 아침에 스프링클러를 틀고 물뿌리개를
들고 땀을 흘리다 일하러 가는 길에 틈틈이 담덕이에게 공 던져 주는
것도 잊지 않는다.

큰아이가 담덕이에게 말한다.
"담덕아, 너 언제 이렇게 컸냐? 처음에 너 우리 집에 왔을 때 형아 침대
에 긴 줄로 묶어 두고 잤는데…"라고^^

푸하하~~
내 눈엔 너도 언제 이렇게 컸냐 싶다, 이놈아.

그러고 보니 담덕이가 온 첫날, 집 안에서 강아지를 키워 본 적이 없던
우리는 행여나 밤에 무서워할까 걱정되어 큰아이가 데리고 잤었다.

선한 인상으로 큰아이가 정원을 누비는 아침이면, 한여름의 따가운 햇
볕 속에서도 살짝살짝 기분 좋은 바람이 머무는 듯하다.

장미를, 습한 더위에 지쳐 가는 라벤더와 스피어민트를 보고 있었다.
물뿌리개를 들려는데 우리가 보물선이라고 부르는 온실 옆 창고에서 담덕이가 뛰어오며 웅얼웅얼~ 옹달샘 언어를 마구마구 쏟아 내고 있었다.

엄마가 같이 가 볼까?
어머나~ 보물선 벽에 걸어 놓은 작은 물뿌리개 안에 아기 새들이 들어 있었다.

따가운 햇볕과 다른 위험으로부터 새끼들을 보호하기 위해 엄마 새가 선택한 이 보물선 창고는 최고였다.
우리가 비를 피하기 위해 처마를 길게 만들었고 산 위에서 불어오는 바람이 온실까지 지나가는 통로라 나도 봄에 캐낸 튤립 구근들을 매달아 두곤 한다.
가끔 두꺼비도 이곳에서 쉬고 있는 걸 본 적이 있다.

담덕이는 아기 새가 있는 걸 어떻게 알았을까?
우리가 세상의 많은 말들에 신경 쓰는 동안 자연이 알려 주는 맑은 언어들을 놓쳐 버리는 것은 아닐까?
담덕이는 새들은 두꺼비는 꽃들은 알고 있는데~~♡

꼬봉이네 집에서 지난 4월 말에 보내 주신 고마운 다알리아 구근이 마침내 꽃을 피웠다.

안녕?
나는 스텔라, 담덕이 엄마란다.
생각했던 것보다 훨씬 예쁘구나.
우리에게 너를 보여 주어 고마워^^

무더운 여름이지만 이른 아침의 정원은 적당히 시원하다.
산에서 불어오는 바람이 있어 집 안에서도 에어컨은 물론이고 선풍기도 잘 틀지 않는다.
해님이 나오기 전 서둘러 잡초들을 뽑기 위해 남편을 위한 아침을 간단히 준비해 두고 담덕이와 나는 서두른다.

등에 햇볕이 조금씩 느껴져 오면 이제 그만해야지, 그만해야지 하면서도 손은 더 바삐 움직이고 눈은 돌봐야 할 식물들을 향하고 있다.

아홉 살 담덕이는 잠시 따라다니다 시원한 나무 그늘 아래 마련한 모기장 속에서 기다리는데, 담덕이의 시선이 스텔라 엄마의 움직임을 따라다니는 걸 느낄 수 있다.

호미를 정리하고 수레에 가득 찬 잡초들을 절벽 아래 버리고 장화를 벗은 후, 담덕이와 웃으며 우리들의 정원을 둘러보노라면~ 참 행복하다.

8월

*

네가 있어
더 행복한 산속

무더위에 지쳐 있는 식물들에게 지난밤 내린 비는 고마운 선물이었다.
비가 그치고 보니 램스이어가 쑥 자라 있었다.

lamb's ear는 잎이 양의 귀같이 생겼다 하여 붙여진 이름이다.
은백색의 부드러운 털에 덮여 있는 램스이어는 털이 뽀송뽀송하고 부
드러운 담덕이의 아기 때 모습을 떠올리게 한다.

빗물이 고여 있는 양철 화분 안에 꺼비가(가족 같은 우리들의 두꺼비) 들어
가서 나오려고 애쓰고 있었다.
언제부터 이러고 있었을까?
담덕이가 옹달샘 언어로 알려 주지 않았다면 어쩔 뻔했냐고…^^

기특한 담덕이를 우리는 늘 데리고 다닌다.
담덕이를 위해 팔공산 둘레를 드라이브할 때도 많고~~
코로나로 자유롭진 못하지만 주변 상황을 잘 알기에 사람들이 뜸한 시
간을 골라 피자도 먹으러 가고^^

어느 곳을 가든 담덕이가 보이는 안전한 곳에서 잠시 여유를 즐긴다.
담덕이도 우리들의 마음을 알고 있다.

'온실~'이라고 말하면 온실 쪽으로, '보물선~'이라고 말하면 창고 쪽으로 먼저 앞장서는 나의 보디가드, 담덕이가 있어 산속 생활이 더 안전하다.
무엇으로부터~~?
ㅎㅎ 혹시 나올지 모를 뱀이나 다른 것들로부터.

담덕이가 오기 전부터 있었던 골든 리트리버를 우리는 '(페퍼)민트'라고 불렀는데 착하고 똑똑하고 용감해서 땅속에 있는 뱀까지 알려 주곤 했었다.
지금도 가슴이 뭉클한, 그리운 민트♡

며칠씩 비가 온 다음 날이면 뱀이 몸을 말리려는 듯 나와 있을 때가 있다.
다행히 아직 스텔라와는 마주친 적이 없지만 신경 쓰이는 곳을 지날 때면 발을 쿵쿵 구르고 작대기로 땅을 치면서 큰 소리로 말한다.

"지금 담덕이와 스텔라가 지나갈 거니까 너는 나중에 나와야 돼.
아유, 참~~^^
멧돼지와 토끼와 너희들이 사는 곳에 우리가 이사 와서 살고 있으니 우리도 조심할게."

레몬밤을 휙 지나치더니 레몬버베나 앞에서는 담덕이의 발걸음이 느려진다.
풋풋하면서도 부드러운 그 향을 좋아하는 걸 알고 있단다, 귀여운 녀석♡

꿀벌이 많이 모여들어 'Bee balm'이라는 애칭을 가진 레몬밤(lemon-balm)은 뇌의 활동을 높여 기억력을 증진시키기에 학자의 허브라고도 한다.
우리는 레몬밤 잎에 물을 부어 얼려 미숫가루에 섞어 먹기도 한다.

상큼한 레몬향이 나는 레몬버베나(lemonverbena)는 페퍼민트와 섞어 아이스 허브티로 마시면 체력 소모가 많은 여름날의 갈증 해소에 아주 좋다.

담덕이가 좋아하는 허브들은 따로 모아 두는데, 그곳에서 담덕이는 오늘도 레몬버베나 잎을 아주 맛있게 먹고 있었다.

담덕이와 정원을 한 바퀴 돌아오면 한 아름 꽃과 허브들이 손에 가득해
진다.

여러 해 전 친정아버지가 돌아가셨을 때, 이곳을 정리하려고 했었다.
허브위를 그만하고 쉬라는 남편의 강력한 권고도 있었고 나도 많이 지
쳐 있었다.
그즈음 담덕이가 왔다.
아버지 돌아가신 후 일주일쯤 뒤 무슨 이끌림처럼 자연스럽게~~

한눈에 나의 가슴에 들어와 버린 담덕이를 위해 그저 농원이었던 이 땅
이 정원으로 바뀌어 갔다.
담덕이가 눈치 보지 않고 마음껏 자유로울 수 있는 이만한 땅이 있을까
싶어 이곳에 새로운 애착을 가지게 되었고, 담덕이가 인사하는 꽃과 나
무들을 위해 기꺼이 부지런해지는 게 즐거웠다.

그렇게 오늘도 스텔라의 농원은 담덕이의 정원이 되어 가고 있다.

104살 된 배롱나무가 그린게이블즈 뒤편, 앨리와 그레이스가 있는 벚나무길 언덕에 있다.
100살 때 우리 집에 모셔 왔는데 해마다 조금씩 잎만 나올 뿐 도무지 꽃을 보여 주지 않아 마음이 쓰였다.
처음 만난 날, 우아한 그 자태에 감탄하며 밤이 늦도록 쉽게 잠들지 못하고 설레었던 기억이 있다.

지난달에는 문득 이런 생각이 들었다.
100년 동안 머물렀던 곳의 친구들과 정겨운 풍경들이 그리워 삐친 것은 아닐까? 그래서 지날 때마다 얘기해 주었다.

"우리들이 너를 귀하게 생각한단다.
소나무도 장독대도 너의 가지 아래 라벤더와 봉숭아꽃도 담덕이와 스텔라도 너의 친구들이지. 이곳이 너의 집이야.
꽃을 보여 주지 않아도 기다릴게. 너의 마음에 우리를 받아 주렴♡"

그리고 며칠 전~~
4년 만에 꽃이 피었다.
아주 조금이지만 세상 예쁜 분홍색으로.
나는 그만 울컥 눈물이 나와 버리고.

조금 전까지 공놀이를 했던 담덕이에게 알려 주러 오니 담덕이는 뒷베란다에서 suddenly(대나무숲의 고양이)를 기다리고 있는 듯했다.
며칠 전 비 오던 날 밤에 서든리가 다시 나타나 주차장 차 아래에 들어가 있는 걸 보았기에 그때부터 고양이 사료와 물을 그 부근에 가져다 둔다.
서든리에게 더 맛있는 걸 주고 싶은 마음은 비비 언니가 만들어 준 물고기 인형으로 대신하며^^
담덕이는 한 번씩 베란다에 엎드려 꼼짝 않고 기다리다 고양이가 나타나면 나에게 알려 주곤 한다.

담덕~~ 백일홍이 꽃을 보여 주었어.
너는 알고 있었니? 서든리는 알고 있었을까?
행복한 날이다.

무엇이든 자연스러운 게 좋다.

폭우로 안개에 싸여 가로등을 켠 모습도,
비 그친 후 반짝반짝이는 이 아침도,
담덕이가 고개 숙여 물끄러미 바라보는 개미들의 모습도,
비에 젖어 축축해진 몸을 말리는 연못 옆 화분의 모습도,
쉬하러 나온 담덕이와 마주치니 잠시 일손을 멈추고
빙그레 마주하는 큰아이의 모습도,
다~~자연스럽다.

리스를 만들 때 어울리는 유칼립투스는 강한 살균 작용이 있다.
기침·천식·기관지염에 증기 흡입하면 좋고,
심하게 기침이 날 때는 오일을 희석하여 가슴에 마사지하면 효과적이다.
아무리 약효가 좋아도 마구마구 사용하는 건 좋지 않다.
식용해서는 안 되고 외용으로만 사용해야 한다.
그래야 자연스러워진다.

9월

*

내가,
9월이 되고 싶다

나의 삶에서 사랑하는 것 10가지 안에 9월이 있다.
순간순간 나는, 9월이 되고 싶다.

결코 차갑지 않은 9월의 바람이 불어와 몸과 마음을 휘감으면
나는, 21세기를 벗어난다.
내가 영원히 사라지는 날도 9월의 어느 날이었으면 좋겠다.

9월이 있어서 행복하다.
이 순간, 담덕이와 9월을 누리고 있어
참 행복하다.

제라늄도 예쁘고 스테비아도 예쁘다.
담덕이도 예쁘고 고양이 서든리도 예
쁘다.

제라늄 옆 스테비아 향이 감미롭다.
스테비아는 설탕보다 200배의 단맛이
있지만 열량이 낮아 당뇨, 비만, 충치
등에 감미료로 이용하면 좋다.
나는 신맛이 나는 히비스커스로 라떼를
만들거나 민트류를 넣어 허브티를 만들
때 스테비아 잎을 뜯어 같이 맛을 낸다.

대나무숲에 사는 고양이 서든리는 매
일 밥만 먹고 사라진다.
담덕이가 베란다 창문에 서서 서든리
가 지나가면 알려 주지만, 서든리는 혼
자 편하게 다녀가는 것을 좋아하는 듯
하여 모른 체해 준다.
큰아이가 사 온 다양한 간식들로 유혹
해 봐도 우리만 보면 사라졌다가 아무
도 없을 때 밥을 먹고 가니까.

며칠 전에도 제법 가까운 거리에서 서
든리와 마주쳤었다.
대나무숲에 혼자 가만히 앉아 있는 모
습이 애처로워 손짓하며 불러 보았지
만 숨어 버렸다.
다행히 주차장에 지붕이 있어 비는 피
할 수 있으니 고양이 집을 만들어 밥그
릇 옆에 놓아두어야겠다.

서든리가 어떤 사연으로 대나무숲 안
에서 살아가게 된 건지 모르겠다.
매일 너를 위해 그릇을 깨끗이 씻어
물과 함께 밥을 챙겨 주는 우리들의
마음은 스테비아보다 더 달달한 사랑
이란다.

담덕이는 알고 있었던 거다.
다알리아 향을 맡다가도 레몬버베나 옆을 지나다가도 스텔라 엄마가
테라스의 경사면을 따라 올라가면 쏜살같이 달려와 주위를 돌며 경계
태세를 취하고, 때로는 테라스 아래를 향해 심하게 으르렁거려 무언가
조심해야 된다고 생각했었다.

그러다 알게 되었다.
바람에 날려 온 비닐인 줄 알았던 것이 뱀의 허물이었다는 것을.
헐… 발이 얼어붙는 줄 알았다.
나도 모르게 "릭투셈프라"라고 주문을 말해 버리고.

사실 평소에 남편한테 자주 쓰는 마법은 방어술인 '익스펙토 페트로늄'
인데, 이번엔 너무 놀라서 행동을 못하게 하는 '릭투셈프라'를 외친 것
이다.
그래도 뱀을 소멸시키고 싶진 않아 '비페라 이바네스카'를 쓰진 않았다.

(해리포터에게 감사하며ㅎㅎ)

지금 내리는 초가을 비는 따뜻하고 부드러웠던 기억들을 생각나게 하고,
나중에 내릴 늦가을 비는 해마다 나를 더 철들게 하더라.

코로나 백신 2차까지 접종 완료 후 쉬고 있는 스텔라 엄마 옆에서
편하게 낮 시간을 보낸 담덕이는 지난밤에 잠이 덜 왔는지
혼자 다락방에 올라가 한참을 안 내려왔다.

가만히 들여다보다가 내려오라고 했더니
바로 고개를 절레절레 흔든다.

혼자 있고 싶은 거지?
그래, 가을이니까~~
고독한 가을밤의 담덕이도 사랑스럽지.

한가위 보름달처럼 둥그런 모양을 한 양은 밥상을 나는 좋아한다.
가볍기도 하거니와 상다리가 있어 접었다 폈다 할 수 있어 편하기도 하고 구석진 곳에 보관하기도 좋다.
특히 라면을 먹을 때 화려한 무늬가 있는 요 밥상 위에서 먹으면 또 다른 감성이 느껴지는 듯하다.
오늘은 모시송편과 유과를 올려 보았다.

추석 연휴에 제주도로 날아가 버린 큰아이 몫까지 하느라 작은아이는 낮에도, 밤에도 담덕이를 위한 산책을 열심히 해 주었다.
우리가 좋아하는 경주에서 맞이한 한가위 전날의 보름달은 보문호수 위에서 더 신비로웠다.

겨울철 난로 청소할 때 요긴하게 사용할 쓰레받기를 남편이 만들어 주었다.
물론 강제로 졸라서 얻어 낸 추석 선물이긴 하지만ㅎㅎ
남편이 만들어 주는 소품들은 손에 익숙하고 참 예쁘다.

대나무숲에 사는 고양이, 서든리에게도 특별한 간식을 주었고, 우리 집을 좋아하는 두꺼비, 꺼비 총각에게도 명절 인사를 전했으니 이만하면 행복하다.

화분 뚜껑이 필요했다.
남편에게 만들어 달라고 부탁하기 딱 좋을 만큼 한가위 연휴가 이어졌다.
코로나로 폐쇄해 버려 호국원에 계신 부모님 성묘도 못 가고…
투덜거려 본다.

스텔라를 투덜 공주라고 부르는 남편이 움직였다.
담덕이가 그네 위에서 지켜보는 가운데 뚝딱뚝딱 꽝꽝꽝.
아주 흡족한 화분 뚜껑이 만들어졌다.

남편이 만들어 주는 소품들은 손에 익숙하고 참 예쁘다.
구월의 이 순간도 소소하고 참 예쁘다.

스텔라를 위해 직접 요구르트를 만들어 오신 이웃분들과
9월의 아침을 야외 테라스에서 같이 했다.
시내로 출근하시는 분들이시라 8시쯤
빵과 허브티로 즐거운 아침 준비를 했다.

덕분에 잠꾸러기 남편이 일찍 일어나 찻잔을 날라 주니
아빠를 따라다니며 담덕이도 신났다.

일상의 웃음으로 차를 마시고
라벤더 마멀레이드를 빵에 발라 먹으면서
이 대단할 것 없는 순간들이 얼마나 소중하고 행복한지를
나는 그냥 느낄 수 있었다.

평범함뿐이지만
왈왈왈~~ 인사를 하는 담덕이네 집에서,
9월의 아침을 같이한다는 건 나름 멋지잖아ㅎㅎ

안녕, good bye~ 9월.
네가 있어 설렘 가득한 한 달이었지.

바람에 흔들리는 벚나무 그레이스의 나뭇잎으로,
뽀얀 커튼 사이로 들어와 안방 천장에 만들어 주는 햇살 무늬로,
욕심 없는 담덕이의 숨결로~~
나의 9월이 되어 주어 고마웠어.

내가, 9월이 되고 싶어~~ 언젠가는.

10월

*

다른 세계가
나타날 것만 같다

온실 앞쪽에 자리한 사과나무 아래 가득한 애플민트들~

애플민트가 필요해 찾아오셨다는 분을 위해 한 움큼 자르는데 진한 사
과 향이 기분 좋게 만든다.
하하~ 바로 옆에 있는 사과나무도 웃고 있는 듯하다.
오래전 엄마가 사과나무 세 그루를 심어 주셨을 때 나는 그 아래에 애
플민트를 심었었다.

일 년 내내 아무런 돌봄 없이 사과나무를 두어 살짝 덜 예쁜 사과가 열
리지만, 새들은 이 사과를 무척 좋아하고 과일을 좋아하는 담덕이는 가
을날의 아침 산책 때면 코를 벌름거리며 이 사과를 얼른 먹고 싶어 한다.
수확해 보면 껍질이 얇고 아삭아삭하니 맛있다.

그 사과나무 아래에 가득한 애플민트들은 12월까지도 싱싱하다.
애플민트도 봄에는 풋풋한 십 대의 사과 향이 느껴지다가 가을이 되면
원숙한 중년의 사과 향이 느껴지는 듯하다.
ㅎㅎ 나의 인생도 그렇게 흘러가겠지.

가을 장독대 앞에서♡

우리만 아는 집 뒤편 대나무숲의 한적하고 비밀스런 오솔길을 걷다가
문득,
'이상한 나라의 앨리스에 나오는 토끼가 나타나 담덕이와 사라지는 것
은 아닐까?'
이런 생각이 들어 주위를 둘러보며 담덕이를 데리고 얼른 집으로 돌아
올 때가 있다.

아주 오래전 만든 어여쁜 토끼 인형을 볕이 좋았던 날 깨끗이 씻어 담
덕이 눈에 잘 띄지 않는 피아노 위에 올려 두고 말해 주었다.

"이상한 나라로 가고 싶으면 너 혼자 가거라.
여기 도자기로 만든 꽃무늬 자동차를 네 옆에 둘 테니 언제든 타고 갔
다가 오렴.
대신 담덕이는 절대 데려가면 안 돼."

낙엽 위로 가을비가 내리며 정원에 안개가 자욱한 오늘 같은 날은 뒷산
나무들이 움직이며 어떤 다른 세계가 나타날 것만 같다.

가을꽃들과 인사하고
갈대들과 춤을 추고
가을바람에게 해님의 사랑을 알려 주고

버베나·로즈마리·세이지 수확하는 스텔라 엄마 따라다니며
아홉 번째 가을을 너의 가슴에 담아 두렴, 담덕♡

그리움이 상실감으로 다가올까 두려운 언젠가의 가을날에는…
너와의 기억들이 온기가 되어 나의 쓸쓸함을 다스릴 수 있을까?

너의 가슴에 담는 가을들을 나의 심장에 저장해 둘 거야.
지금 이 순간은 너와 함께라서 그냥 좋구나~~

초겨울 같은 오늘이었다.
올가을은 단풍이 들기 전에 나뭇잎들이 많이 떨어져 애처롭다.
내일은 더 추워진다 하여 온실 안으로 옮기려는 레몬버베나를
담덕이가 아주 맛있게 먹고 있었다.

레몬버베나는 상쾌한 레몬 향이 나는 허브로
소화를 촉진하며 위가 약한 분들께도 부담이 없다.
우리는 마른 잎을 욕조에 넣어 목욕재로도 사용하는데
스트레스가 날아가는 걸 느낄 수 있다.

제법 쌀쌀하지만 아직은 견딜 수 있다며
정원에 머무는 새들이 담덕이를 지켜보는 듯했다.

별것 아닌 이 순간들이,
풍성한 시월에 어울리지 않는 첫추위 속에서도 참 예쁘다.

스텔라에게는 아들이 셋 있는데
꿈을 헤매는 아이와
꿈을 향해 열심히 달리는 아이,
(이 아이는 담덕이 보고픈 것도 내년 봄까지 참는다 함)
그리고 오늘 밤 꿀 꿈을 기다리는 담덕이가 있다.

꿈을 헤매는 청년이 지난날의 한 부분을 속상해하며 송곳 같은 말을 하
는데 사실 나는 송곳보다 더 깊고 넓게 마음이 아팠지만, 시간이 지나
이 아이가 자신의 행동을 후회하며 속상해할 것이 훤히 보여 그게 더
마음이 짠했다.
그래서 캄캄한 밤에 오피스텔로 데려다주는 동안 아무 말도 할 수가 없
었다.

과거가 꼬인 건 다른 미래가 있기 때문이란다.
마음의 평온함을 유지하면 미래는 더 나은 삶을 알려 주더라.

잘 익은 홍시를 담덕이에게 먹이고픈 마음처럼
너에게도 정성을 다했으니~~^^

낙엽을 쓸며 아침 정원 일이 시작된다.
온실 안의 허술한 곳을 점검하며
부지런히 식물들의 월동 준비를 서두른다.

스텔라 엄마가 바삐 움직이다가 혹시라도
제 옆을 지나칠 것 같으면 공을 던져 주려나 싶어
몸을 약간 낮춘 채 완벽한 자세를 취하고 기다리는
담덕이가 무척 사랑스럽다.

쿠키를 만드는 데 넣으려고 로즈마리를 줄기째 잘랐더니
프레시한 향이 머리를 맑게 해 준다.
담덕이도 로즈마리 향을 좋아해서
코를 킁킁거리더니 얼굴이 밝아졌다.

우리 집 장독대 안에는 간수 뺀 소금을 담은 항아리도 있고 간장과 된장 항아리도 있지만 대부분의 항아리 안에는 좋은 추억들이 들어 있다.
어떤 항아리 안에는 누군가와 따뜻했던 기억이 있는 장소나 음식 등이 날짜와 함께, 어떤 항아리 안에는 엄마와의 기억들이….

오래전 엄마가 커다란 항아리를 주시며 말씀하셨다.
"이거 지나가던 고물상 아저씨가 5만 원 준다며 팔라는데 어림 반 푼어치도 없대이. 산으로 이사 간 니가 가져가거래이."

갈 때마다 챙겨 주신 엄마의 항아리들이 우리 집에 오게 되었고, 여러 해 전부터 나는 항아리에 메모처럼 글을 써서 넣어 두었다가 외롭거나 지칠 때 항아리에서 종이를 꺼내어 읽으며 현실을 평정해 나가곤 했다.

오늘은 시 항아리에서 윤동주 시인의 「자화상」과 「별 헤는 밤」을 꺼내어 담덕이 옆에서 낭송해 보았다.

"계절이 지나가는 하늘에는 가을로 가득 차 있습니다."

중학교 때 「별 헤는 밤」의 이 첫 구절을 읽는데 가을이 마음속으로 들어오는 것 같았다. 맑은 시인의 그리움이 가득한~~

지금, 가을이 가득 차 있는 삶을 살며 누군가를, 윤동주 시인을 곱게 그리워할 수 있어서 감사하다.

해님이 찾아냈다.

멕시칸세이지 속에서 (햇살이 눈부셔)

눈도 못 뜨고 있는 담덕이를…^^

가을 햇살이 너를 만나 웃고 있네♡

가을 햇살의 웃음은

사랑으로만 보인단다.

단풍 든 거리를 보고 싶었던 장미가 다시 폈다.
저만치 갈대 옆에서 지긋이 보고 있던 담덕이가
성큼성큼 장미 옆으로 다가왔다.

예뻐라~ 하며 사랑스런 눈빛으로
장미를 바라보는 담덕이가 귀여웠다.

그 아래에서 스피어민트도
담덕이의 관심을 원하는 듯했는데…ㅎㅎ
담덕이의 단풍빛깔 마음을 장미가 차지해 버렸다.

아침에 창문 밖으로 보이는 담장 너머 거리의 단풍이 너무 아름다웠다.
단지 그 이유만으로 충분했다.
늦은 시월의 아침을 누군가와 같이하는 데에는…^^

팔공산의 다른 쪽 내동에 사는 재계 언니네는 정원에서 꽃을 한 아름
꺾어 오셨다.
스텔라가 라벤더밀크티를 만들어 보온병에 담는 동안 남편은 무릎담요
를 챙기고.

코끝을 스치는 이른 아침의 싸늘함을 우린 기꺼이 야외 테라스에서 즐
겼다.
맑은 공기와 나무들이 만들어 주는 색채의 화려함 속에서 깔깔깔~^^
꺾어다 주신 꽃을 병에 담았더니 담덕이도 그 향을 어찌나 좋아하던
지….

가을 덕분이다.

11월

*

마음이 원하는 대로

11월이 되니 월동 준비가 서둘러진다.

옮기고 쓸고 덮고….

화창하고 아름다운 요즈음이지만 올해는 10월에 벌써 첫얼음이 얼었던지라 산속의 겨울을 대비해야 한다.

발걸음을 바삐 하며 지나치다가 마주친 제라늄이 너무나 여유로이 웃고 있어 잠시 일상을 둘러보게 되었다.

나무에 있을 때부터 놀이터에서 놀고 싶었던 나뭇잎들이 단풍이 되어 있다가 나무에서 떨어지면서 담덕이 미끄럼틀에 소복이 모여 있었다.

달팽이도 미끄럼틀에 같이 붙어 있다.

하하~ 그 옆에서 지난밤 핼러윈 도넛을 맛있게 먹은 담덕이가 웃고 있다.

11월 첫날의 웃음이다^^

투명하게 보이는 담덕이의 순수함은
늘 일정한 온기로 따스하게 와 닿는데,
단풍잎 하나에 발그레해지는 담덕이의 얼굴에는
더 뜨뜻한 사랑이 넘쳐난다.

후후~ 담덕아♡
내 눈엔 너만 보여^^

전람회의 노래처럼,
너의 마음속으로 들어가 볼 수만 있다면~~

8분의 6박자로 시작한 하루가 4분의 2박자로 흘러가는 날이 있고 온종
일 4분의 4박자로 지나가는 날도 있다.
오늘은 4분의 2박자로 몸이 움직였는데 마음이 4분의 3박자로 왈츠를
추고 있었다.

이럴 땐 삶이 웃는 순간이다.
삶이 웃을 땐 쉬어 가야 한다.

아침 햇살을 아랑곳하지 않고 한밤중인 남편에게 고마워하며 그냥 장
바구니 들고 담덕이와 조용히 나섰다.
라디오에서 〈김미숙의 가정음악〉을 들으며 담덕이와~, 이만하면 좋다.

집 아래쪽은 아름다운 단풍길이라 차를 달리면 열어 놓은 창으로 예쁜
색깔 나뭇잎들이 마구마구 들어와 우리를 황홀하게 한다.
이 순간 스텔라는 서른아홉 살, 담덕이는 세 살~~

팔공산 드라이브길에 있는 길가 노점에서 장을 보고 아름다운 단풍길
을 지나 집에 돌아오니 이웃분들이 식빵을 구워 식을까 봐 제빵기를 안
고 오셨다, 하하하♡
따뜻한 빵을 잘라 같이 먹는데 마음이 원하는 대로 4분의 3박자인 오늘
이 펼쳐지고 있다.

동화사·파계사·부인사·갓바위 등등의 문화유적과 더불어 팔공산이 좋은 이유 중 하나는 수질 좋은 온천이 곳곳에 있다는 것이다.
10분 거리에 노천탕까지 있는 온천을 나는 즐긴다.
새벽 같은 이른 아침에 여유로이 온천을 즐기는 쉼이 좋다.

경사진 곳이라 입구 문을 만드는 게 쉽지 않았는데, 남편이 다리 길이를 달리해서 경계막을 여러 개 만들어 주었다.

멕시칸세이지 너머 온실 가는 길의 단풍나무도 예쁘고, 〈빨강머리 앤〉을 틀어 주며 연속으로 보고 있으라더니 경계막을 만들어 준 남편도 예쁘다.
단풍철이라 많은 사람들이 오가는 집 앞 풍경을 창밖으로 보며 궁금해하는 촌아이 담덕이도 예쁘다.

별것 아닌 일상이 평화로운 휴일이다.

대나무숲에 사는 고양이 서든리는 담덕이를 무서워해서 둘이 친구가 되는 건 쉽지 않다.
서든리와 다 같이 어우러져 살아야 한다는 걸 담덕이에게 가르쳐 주기 위해 서든리에게 밥을 줄 때마다 담덕이를 데리고 다니며 말해 주었다.

"서든리는 외로운 아이란다. 우리가 챙겨 주지 않으면 슬프겠지.
담덕이와 엄마가 밥을 주는 걸 고마워하며 대나무숲에서 지켜보고 있을 거야."

그랬더니 담덕이는 집 안에 있다가도 서든리가 밥 먹으러 나타나면 웅얼웅얼 옹달샘 언어로 나에게 알려 준다.
우리가 나타나면 서든리가 밥을 먹다가도 도망가 버리니까 우리는 멀리서 지켜보다가 하루에 두 번 깨끗하게 끼니를 챙겨 준다.

국화와 가을 이야기를 나누던 담덕이가 꼬리를 흔들며 엉덩이만 내민 채 얼굴을 묻고 냄새를 맡는 건 필시 서든리가 잠시 전 머물렀던 흔적이 남아 있기 때문이다.
다른 낯선 냄새가 나는데 위험하다고 판단되면 으르렁거리며 나에게 달려와 알려 주기 때문에 알 수 있다.

서든리는 대나무숲 입구에서 가만히 있고, 담덕이는 주차장에서만 몸을 올려 바라보며 서로의 공간을 인정해 주고 배려해 준다.

노오란 국화가 곳곳에서 늦가을의 허전함을 채워 주고 있다.
담덕이의 마음이 늦가을 감국과 같다.
따뜻한 노란색이다.

낙엽을 쓸다 보니 라일락꽃 하나가 피어 있었다.
순간 엄마 말 안 듣는 청개구리가 생각나며 웃음이 나왔다.

4월의 꽃이라도 11월에 피고 싶으면 피는 거다.
봄에만 폈으니 가을이 궁금하지 않았을까…^^

그렇지만 무엇이든 자연스럽지 않은 것은
잠깐은 화려하고 신기할 수 있으나 뒤탈이 생긴다는 걸 알기에
엄마 라일락 마음이 되어 안쓰러웠다.

그나저나 담덕이가 살구나무 아래에서
응가하는 것도 이 꽃은 보았겠구나ㅎㅎ
떨어진 단풍잎 위에 서 있는 담덕이와 11월의 다알리아도 보려무나~

털 많은 담덕이는 요즈음의 날씨가 딱 맘에 드는지
밖에서 놀다가 실내로 들어갈 때마다 머뭇거린다.

담덕이가 좋아하는 작은아이가 왔다.
꿈을 향해 달리다 힐링과 에너지가 필요할 땐 발걸음이 저절로 집을 향하고 있단다.

담덕이는 형아를 보자마자 공을 가져와 던져 달라 하고^^
이 청년은 엄마의 정성이 담긴 정원과 서든리를 위한 집을 만들고 있는 아빠를 보며 마음의 편안함을 찾는다 하고^^

우린 서든리를 위해 대나무숲에서 건너올 수 있는 다리까지 만들어 트리하우스를 지어 주려 한다.
남편이 틈틈이 만들어 크리스마스 선물로 서든리에게 줄 계획이다.
나는 집이 완성되면 장식해 주려고 다락방에서 오래된 고양이 인형을 찾아냈다.

이래저래 한나절을 보내는데 남편이 진지하게 하는 말.
"스텔라, 내가 쉬는 주말에는 같이 쉬자. 외롭게 하지 말아 줘ㅎㅎ"

늘 듣던 말인데 깊은 울림으로 와 닿는 건 늦가을의 느낌 탓인지….
그래서 바로 답해 주었다.
"알겠습니다~~"

감국 옆에서 부드러움을 자랑하던 램스이어도 예뻤다.
겨울철 난로에 은은한 향을 더해 줄 세이지도 예뻤다.
11월의 추위쯤이야 거뜬히 견뎌 내는 로즈마리도 예쁘다.
갈무리하는 스텔라 엄마를 따라다니며 힘이 되어 주는 담덕이도 예쁘다.

여러 날에 걸쳐 농원에 있는 허브들을 온실로 옮기고 노지에 남겨 두는
아이들은 뿌리가 잘 살아남도록 윗부분을 자르고 낙엽으로 덮어 주었다.
몸은 힘들지만 이제야 마음이 조금 놓인다.

따뜻한 차 한 잔 마신 후 예쁜 선물을 준비했다.
아랫동네 보리밥집의 귀여운 아가씨가 시집간다고 하니 만만찮은 인생
라벤더처럼 편안하고 밀크티처럼 부드럽게 살길 바라며 내일 가져다줄
것이다.

빨간 방울토마토와 노란 파프리카를 넣은 샐러드에
초록색 바질을 올리려고 온실로 향했다.

여름날 노지에서만큼 싱싱하진 않지만
그 특유의 매력 넘치는 향을 간직한 11월의 바질은 고마운 허브다.

스텔라 엄마 옆에서 바질 두 잎을 맛있게 먹던
담덕이가 온실 창밖 너머를 보더니
스텔라를 기다려 주지 않고 혼자 달려가 버렸다.
아니, 이 녀석이…?

11월에 핀 영국장미에게 달려간 거였구나^^
첫사랑 소녀를 만난 것처럼 jude the obscure Rose를 바라보는 담덕♡
쌀쌀해진 날씨에도 jude는 행복하겠다.

습관처럼, 한겨울을 위한 준비의 마무리 단계에 가든 세이지를 자른다.
추위에 잘 견디는 세이지이기에 가을이 원하는 만큼 머무르다가 지나
가고 나면 그 윗부분을 잘라 잎을 우려낸 물로 머리를 헹구며 온전히
나를 위한 혼자만의 사치를 누려 보곤 한다.
이제 곧 싹둑 자를 날이 올 것이기에 그 전에 담덕이와 세이지 향 가득
느껴 보며 고마움을 전했다.

좋은 사람들과 함께하는 저녁 시간은 참 행복하다.
오시는 분들을 떠올리며 준비하는 것도 즐겁고, 담덕이를 배려해 주시
는 분들과 일상의 얘기들을 풀어내며 시간 가는 줄 모르는 가을밤을 보
내는 것도 즐겁다.
직접 키운 무와 우박 맞은 사과도 감사했다.
담덕이는 미애 이모가 넉넉히 가져오신 홍시를 달고 맛있게 잘 먹었다.

낮에 느꼈던 세이지 향 가득한 행복이 밤늦도록 우리를 감싸고 있는 듯
했다.

가을걷이하느라 피곤했던지 입 주변이 부르터서 심하게 번지기에 피부과에 갔었다.

병원 주차장이 모서리를 돌면서 차를 주차할 수 있게 되어 있는데, 월요일 아침 범어네거리를 오가는 많은 사람들을 조심하며 차를 후진해 주차하다 퍽~

아이쿠, 나무가 있었구나.

돌아오면서 힘에 겨워 방치해 둔 우리 집 아래쪽 땅에 눈길이 갔다.

낙엽이 된 단풍잎들이 땅에 층층이 깔려 환상적인 순간을 보여 주는데 그 사이로 잎을 떨군 채 서 있는 나무들을 보니 조금 전 내가 부딪쳤던 그 나무가 생각났다.

아유, 그 나무는 기분이 어땠을까?

차 뒷자리에 늘 태워 다니는 담덕이를 집에 두고 가서 다행이었지만, 뒷모습이 못생겨져 버린 차에게도 미안하고 병원 앞 그 나무에게도 참 미안하다.

어제와는 사뭇 다른 모습으로 꽁꽁 얼어 버린 정원의 모습에 겨울이 성
큼 와 버렸음을 알 수 있었다.
외부에 있는 수도가 얼지 않게 따뜻한 담요로 덮고 테라스에 마지막까
지 두었던 화분들을 실내로 옮기고 나서 가든세이지를 잘랐다.
12월 초까지 노지에 두고 싶었는데 얼어 버릴까 걱정이 되어 싹둑 잘라
주었다.

부르튼 입술로 쉬지 않고 움직이는 스텔라를 못마땅해하던 남편이 결
국 짬을 내더니 대나무숲 아래 날카로운 가지들을 정리하고 난로에 땔
장작들을 실내로 옮겨 주었다.
집 뒤편에서 일하시는 아빠의 모습이 궁금한 담덕이를 위해 베란다 창
문을 열어 주었더니 좋아라 했다.

식물들의 겨울나기를 어느 정도 마무리한 후 동지가 다가오는 겨울밤
이면 다시 읽어 보는 톨스토이의 『사람은 무엇으로 사는가』를 꺼내고
시집 몇 권을 새로이 주문하고 나니 비로소 따뜻한 겨울을 맞을 준비가
된 듯하다.

날씨가 추워지니 다락방 청소를 하다가도 빨간 니트 원피스를 입은 인형에 눈길이 간다.

기온이 영하로 내려가는 밤에 집 안에서 따뜻하고 포근하게 지낼 때면 서든리가 생각난다.
지난번에 트리하우스를 만들어 준 남편이 플라스틱 통 두 개를 연결해 서든리의 방을 만들었기에 나는 세탁을 잘못해서 작아져 버린 니트 바지를 손질해 바닥에 깔아 주었다.
내일 큰아이가 보온을 위해 담요와 두꺼운 박스로 외부를 한 번 더 감싸 줄 것이다.

고양이 서든리는 이름을 불러 주면 알아듣고 대나무숲에서 나와서 남편이 만들어 준 다리를 건넌 후 트리하우스에서 밥을 먹고 머물다 간다.
아직 담덕이를 무서워하기에 우리는 멀찌감치 떨어져서 모른 체해 준다.

찬바람이 부는 날, 괜히 담덕이를 꼬옥 안고 있다가 남편이 사랑으로 차려 준 투박하고 소박한 밥을 먹으니 막바지 가을의 쓸쓸함을 마음에 담는 게 쉬워진다.

12월

＊

지구에 해롭지 않은
느긋한 이기주의

어제는 가을이 떠나가면서 마른 땅에 푸근한 비를 선물처럼 내려 주더
니 하룻밤 새 오늘은 꽁꽁 얼어 버린 겨울이 찾아왔다.
서든리의 얼어 버렸을 물그릇이 생각나 이른 아침에 담덕이와 챙겨
주러 나갔더니 연못물이 얼면서 나뭇잎들을 예쁜 모습 그대로 담고
있었다.

12월 첫날의 추위쯤이야 노지에서 거뜬히 견뎌 내는 친구들이 있다.
장미·국화·데이지·카네이션·로즈마리·라벤더 등등….
다들 기특하고 고맙다.

마음이 이끄는 대로 행동하는 담덕이는 살구크림색 사랑스러움을 당당
하게 보여 주는 David Austin Rose Emanuel이 대견했던지 따뜻함 가득
한 눈빛으로 한참을 바라보았다.

창가 커튼 사이로 들어와 곤히 낮잠 자는 담덕이 곁에 머무르는 겨울 햇살 같은 순간들이 있다.
대전에 사시는 채니 아빠가 남편을 만나러 오면서 롤케이크를 5통이나 사 오셨다. 감사함, 행복함^^

때마침 연락이 된 이웃분과 나누어 먹고 싶었다.
가지러 오시겠다는 걸 두부 사러 가는 길에 큰아이와 드라이브 삼아 가져다 드렸다.

어릴 적 추억이 떠오르는 집.
처마 밑에 시래기가 주렁주렁 달린 집.
이 정겨운 곳을 소유하고 계시는 이웃분은 그 시래기로 끓인 국을 한가득 담아 주셨다.
내리는 비에 우산을 받쳐 들고 주거니 받거니 하다가 군불 땐 방에서 따뜻한 이야기까지~^^

재작년 겨울 한파에 이 댁 수도가 얼었을 때 아빠와 같이 와서 수리를 해 드린 적이 있었던 큰아이가 하는 말.
"시골에 사니 이런 매력이 있네요^^"

다행이다.
사람 냄새 나는 소소한 행복을 같이 느낄 수 있어서.

화려함을 놓아 버리고
설레었던 기억도 날려 버리고
내보이는 쓸쓸함마저 받아들이며
이 많은 나뭇잎들과의 사연들을 떨쳐 버린 채
마음을 비우는 겨울나무가 평온해 보인다.

그래서 자꾸자꾸 올려다보게 된다.

보름쯤 전에 남편이 좋아하는 양념으로 속을 채워 김장을 했었다.
어제 고마운 분이 배추를 열다섯 포기 주셔서 이번에는 내가 좋아하는 양념으로 김장을 했다.
아직 김치냉장고가 없는 우리 집은 옛날 방식 그대로 땅에 묻어 저장한다.
소나무 옆에 5개의 항아리가 묻혀 있는 이곳을 우리는 김장고라 부르는데 오래전에 남편이 만들어 주었다.
앞쪽은 햇빛을 막도록 갤러리 문이 달려 있고 양옆은 트여 있다.

추운 날 김치를 꺼내러 가려면 귀찮을 때도 있지만, 항아리에서 금방 꺼낸 김치의 맛은 그 번거로움을 기꺼이 즐기도록 만든다.
한 항아리에는 신문지에 싼 무를 가득 넣어 두었다가 필요할 때마다 꺼내 사용한다.

스텔라 엄마가 김장 후 뒷정리를 하는 동안 담덕이는 서든리와 각자의 위치에서 쳐다보고 있었다.
서든리는 대나무숲 입구에서, 담덕이는 그 아래에서 서로의 영역을 침범하지 않고 배려해 주는 게 예뻤다.
산책 후 담덕이가 씻을 때에도 서든리는 가끔씩 집 뒤편에서 담덕이를 보고 있는데, 그럴 때면 담덕이가 욕조에서 고개를 돌려 창문 너머 서든리에게 인사를 하는 듯했다.

꼭 말을 하지 않아도 통하는 삶,
침묵으로도 어색하지 않은 순간이 제대로 된 삶인 걸 담덕이는 아는 듯하다.

많은 허브들 중에서도 로즈마리를 특별히 좋아하는 나는 혹독하다 싶을 만큼 강하게 키우는 로즈마리들이 있다.
이 로즈마리들은 산속 기온이 영하 5도 이하로 내려갈 때쯤이 되어서야 보온을 해 주거나 윗부분을 정리해 준다.
물론 늦가을에 온실로 옮겨서 키우는 아이들도 있고 미리 바람막이를 해 주는 아이들도 있다.
그렇지만 오랜 시간 강하게 단련된 일부 로즈마리들은 허브차로 만들었을 때의 깊이가 확실히 다르다.

여태 노지에서 잘 견딘 로즈마리들을 잘라 커다란 쿠키에 넣어 보았다.
오늘 만든 로즈마리 쿠키 중 제일 예쁜 아이는 마이클잭슨에게~^^
12월이 되면 뜨뜻한 허전함으로 마이클잭슨이 생각나 그의 〈Heal the world〉나 〈You are not alone〉 같은 곡들을 듣게 되는데, 그 선한 목소리 안에서 로즈마리 향이 묻어나는 듯하다.

겨울 햇살이 오후에 잠깐 미소 지을 때 담덕이는 그동안 노지에서 수고한 크리핑 로즈마리에게 다가가 옹달샘 언어로 마음을 전하는 듯했다.
나도 기특한 이 아이들이 얼마나 예쁜지 모르겠다.

올 한 해 판매되는 2권의 담덕이 책의 수익금은 전액
유니세프와 동물들을 보호해 주는 곳 등등에 나누어 선물한다.
오늘은 힐링이네에서 알려 준 두 곳에 사료를 보냈다.

다들 건강하고 행복한 12월이었으면 좋겠다.

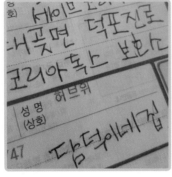

동지가 다가오는 12월의 산속 겨울밤은 신비로움으로 가득 차 있다.
뒷산에서는 서든리와 며칠 전 큰아이가 보았다는 아기 멧돼지가 매일
밤 공룡들과 함께 신나는 모험을 펼치는 것 같다.

오후 5시면 이미 캄캄해지는 이 시기만의 특별한 겨울 어둠을 우린 즐
기는 편이다.
오늘 남편이 준비한 저녁 요리는 가자미구이. 가을날 부산에 사시는 코
난님 댁에서 보내온 가자미를 조금 얼려 두었었다.
코난님 댁의 잘생긴 세 명의 청년들이 남편을 부르는 호칭은 슈렉 아저
씨. 그 덕에 나는 자연스럽게 피오나 공주가 되는 즐거움이 있다.
멀리서 보내 주신 그 정성에 감사하며 남편이 맛있게 구워 주어 담덕이
도 달게 먹었다.

설거지를 하고 따뜻한 차를 마시며 엔리오 모리꼬네의 영화 음악을 듣
다가 〈러브 어페어〉 영화를 다시 보고도 길게 남아 있는 겨울밤, 크리스
마스가 다가오는 동지 전 요즈음의 따뜻한 겨울밤을 나는 참 많이 사랑
한다.

온천에 가려고 6시쯤 현관을 나서는데 눈이 와 있었다.
쉽게 포기하지 않는 온천을 올겨울 첫눈이라는 감성 앞에서 멈추었다.

어둠이 완전히 가시지 않은 이른 아침에 흰 눈의 빛으로 산속 세상을
느끼는 건 마법의 순간이다.
바람 소리 외에는 어떤 현실적인 울림이 없다.

담덕, 뽀드득 첫눈을 너에게 먼저 선물할게♡

거울에 비친 내 모습이 낯선 것보다 나이가 드는 게 정말 두려운 이유
는, 첫눈을 보면서 무덤덤하게 따뜻한 아랫목만을 찾는 무디어진 마음
이 올까 봐…. 그건 나의 실체가 죽은 것이다.

따뜻한 된장국을 끓이려고 장독대 항아리에서 된장을 떠 와서는 식탁
위에 그냥 두고 이어령 선생님의 책들을 꺼냈다.
표지 안쪽 사진 속 선생님의 모습에서는 힘이 느껴진다.
한국인이라는 자부심을 강하게 가지게 해 주신 선생님이 건강하시길
바라며 오늘은 뒹굴뒹굴 이어령 책 나들이다.
남편이 일어나면 이어령 선생님의 책들을 더 주문해야겠다고 중얼거리
며 자꾸 창밖을 내다본다.

함박눈이어도 좋을 텐데…^^
눈이 사라지고 있다.
(이 눈처럼 이어령 선생님이 사라지게 된다면 슬픈 일이다)

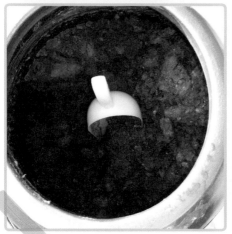

일 년 중 밤이 가장 긴 날이 있다는 건 참 낭만적이다.
낮에 온실 속 식물들에게 긴긴 오늘 밤에 대해서 알려 주며 재미있게 보내라고 말해 주었다.

이 로맨틱한 동짓날에는 황진이의 시조가 떠오른다.

동짓달 기나긴 밤 한 허리를 베어 내어
봄바람 이불 아래 서리서리 넣었다가
정든 님 오신 날 밤이어든 굽이굽이 펴리라.

어릴 때에는 엄마가 넘치도록 해 주셨던 팥죽을 먹었고 밤이 늦도록 할머니로부터 호랑이와 여우 얘기를 들었었다.

담덕이를 위해 간을 전혀 하지 않은 팥죽을 끓여 조금 덜어 준 다음 단맛을 첨가해 팥죽을 만들었는데, 엄마가 해 주셨던 그 맛이 나지 않는다.

달지 않고 텁텁했던 엄마의 그 팥죽이 먹고 싶다.

저녁 무렵에는 난롯불 옆에서 좋은 이들과 즐겁게 팥죽을 먹었다.
크리스마스 캐럴을 틀고 황진이의 시조를 읊조리며~^^

뒷정리를 하고 차분하게 이 밤을 마주하다가 담덕이와 눈이 마주치자 웃음 가득 떠오른 생각.
온실 속 식물들이 지금쯤 뛰어다니거나 온실 밖으로 나와 밤하늘을 날아다니고 있지 않을까?
루와 라벤더는 따뜻했던 날들에 노지에서 경험했던 세상 얘기들로 수다 삼매경에 빠져 있을 것 같아ㅋㅋ

아침에 온실 문을 열면 동짓밤을 즐겁게 보낸 식물 친구들의 얼굴이 더 밝아져 있을 것 같다.

맑고 예쁘기만 한 소녀들이 직접 만든 크리스마스카드를 우편으로 받은 나는 세상에서 제일 행복한 스텔라 이모다.

이름도 어여쁜 태린·하윤·유겸이는 여수에 사는 소녀들로, 이 댁을 생각하면 루이자 메이 올컷의 소설 『작은 아씨들』이 떠오른다.
얘들이 슈렉 삼촌이라고 부르는 남편을 그린 그림은 정말 남편이랑 닮았잖아ㅎㅎ
담덕이 모습은 어떠한가~
어찌 이리 사랑스럽게 표현했을까♡

담덕이는 작은 아씨들이 보낸 크리스마스 선물을 신기해하며 크리스마스이브에 오겠다고 약속한 작은형아를 떠올리는 듯하다.

충북에서 민들레 수녀님이 직접 쑤어 접시째 보내 주신 도토리묵 선물도 고맙고, 경주 선생님이 선물하신 책 『모지스 할머니의 크리스마스 선물』도, 들장미 소녀 캔디 같은 은향 씨가 선물해 준 책 『나는 강물처럼 말해요』도 아끼며 두고두고 볼 것이다.

크리스마스는 참 위대하다.
성탄절이란 말만 들어도 두근두근 설레고 산타 할아버지가 기다려지며 종교를 떠나 많은 이들의 마음속에 따뜻한 촛불을 밝혀 주니~^^

부디 쓸쓸하고 외로운 이들에게 더 푸근한 성탄절이 되길 바라며 오늘 밤 태어나실 아기 예수님께 축복을♡

바깥은 어마무시 추운데 성탄절 아침 집 안은 참 따뜻하고 평화롭다.
담덕이는 오매불망 기다리던 작은형아 발치에서 꿈쩍 않고 자고 있고,
서든리도 밥을 먹고 따뜻한 보금자리를 찾아갔다.
큰아이가 자주 산책을 시켜 주고 남편이 맛있는 고기를 구워 주어도 담
덕이는 작은아이가 더 좋은 듯하다.

어젯밤에 큰아이가 친구들과 크리스마스이브를 보낸다며 곰돌이 아이
스크림을 선물하고 갔는데 짜잔~ 상자를 열어 보니 집이 산속이라 오
는 동안 곰돌이 귀가 녹아 있었다.
그 모습이 얼마나 웃겼는지~
크리스마스에는 별일 아닌 것에도 그냥 깔깔깔 웃음이 나온다.

우리가 준비한 담덕이 선물은 피아노를 연주하는 스누피.
스누피가 움직일 때마다 처음엔 담덕이가 경계하는 듯하더니 이내 익
숙하게 음악을 들어 주었다.

내일은 영하 12도까지 기온이 내려간다 하니 염려되는 아이들이 떠오
른다.
마음도, 몸도 따뜻한 연말이었으면 좋겠다.

담덕이와 나의 신뢰는 굳건하다.
담덕이는 엄마에게만 충성하며 타인에게는 까칠하다.
낯선 상황이 닥쳤을 때 허투루 반응을 표현하지 않으며, 책임감 강한 행동으로 따뜻한 마음을 전한다.
나를 향한 믿음으로 그 어떤 상황에서도 흔들림 없이 의지한다.

매섭게 추운 오늘을 할머니가 사셨던 청송에서 보냈다.
유복자셨던 아버지에 대한 사랑뿐이셨던 여장부 할머니 대에서부터 아버지를 거쳐 나에게까지 내려온 어떤 땅을 소홀히 한 것이 문득 마음이 쓰여 발길이 향했던 것 같다.

신기한 게 한참 만에 들러 낯설게 바뀐 풍경에 놀라 흐린 기억을 더듬는 자리에는 오래전부터 있었던 고목나무가 옛날의 모습들을 떠오르게 해 주었다.

낯선 차의 방문에 동네 개들이 짖으니

방해하지 않으려고 저만치 떨어진 곳에 차를 세워 두고 담덕이에게 말한다.
"엄마랑 아빠가 시간이 좀 걸릴 거야. 낯선 곳이지만 잘 기다려 줄 거지?"
담덕이는 이보다 더 오랜 시간이 걸리는 경우에도 불안함 없이 잘 기다린다.

며칠 전에 귀 청소를 하다가 면봉 끝이 귀 안에 들어가 급한 마음에 늘 가던 병원이 아닌 가까운 병원에 갔을 때 담덕이의 큰 덩치에 놀란 수의사께서 마취를 고민하셨을 때에도 나는 이렇게 말했다.
"재작년에 요로결석 수술 후 실밥도 저희가 풀었고 x-ray 촬영 때에도 제 말을 듣고 얌전하게 끝나서 칭찬 들었답니다."
그리고 정말 담덕이는 나의 눈을 마주 보며 수의사가 면봉을 쉽게 꺼내도록 얌전히 서 있어 무한한 칭찬을 들었다.

오랜 시간 변함없이 그 자리를 지켜 준 고목나무 같은 나의 마음을 자연 속에서 사는 촌아이, 담덕이는 알고 있는 것이다.

"여~는 쓰레기
배출장소가 아이시더"
헌서면

한 해와 즐겁게 작별하기 위해 '쉬다'를 제대로 하고 싶었다.
그래서 준비했었다.
12월 23일까지 어지간한 일은 다 마무리하고 크리스마스 이후부터 새해 첫날까지는 자유로워지리라.
해마다 이 시기에는 계획하지 않고 그날그날 하고 싶은 대로 살리라.

나이 50을 지나면서 [지구에 해롭지 않은 느긋한 이기주의]로 삶을 살아간다.
다른 이들의 말과 시선에 흔들림 없이 자연과 어우러진 스텔라만의 공간을 운영하며 현재의 나를 굳히는 데 이해와 도움을 주는 남편과 아이들에게 감사하다.

연말이라 더 바쁠 남편이 담덕이의 단발머리를 정리해 주었다.
또다시 『니체』를 꺼내고 엄마가 꼭 필요한 담덕이만 챙기며 말없이 뒹굴었더니 알아서 해야 된다고 생각했나 보다ㅋㅋ
재작년까지만 해도 정원이란 말이 쉽게 나오지 않았던 농원을 둘러보며 살짝 흐뭇한 미소를 지을 수 있어서 다행이다.
추운 날 마음의 부담 없이 온실 안 친구들을 대할 수 있는 건 그만큼 정성을 쏟은 자부심 때문일까~^^

담덕이에게도 고마움을 전한다.
"스텔라 엄마 옆에 담덕, 네가 있어 허름했던 농원이 정원이 될 수 있었던 거란다. 담덕이의 정원은 스텔라의 농원이거든."

올 한 해 이만하면 되었다.
감사한 마음으로 good bye, 2021.

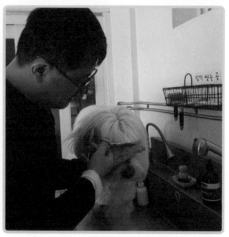

1월

*

같이 행복하기요

해마다 새해를 맞는 우리만의 모습이 있다.

한 해의 마지막 날에는 다락방과 창고까지 대청소를 미리 하고 이른 저녁을 먹은 후 일찍 자는 편이다.

그리고 밤 11시 30분쯤 일어나 소박하지만 정성이 가득한 밥상을 차린다.

12시 땡땡.

"Happy new year~"

우린 밥을 먹는 것을 시작으로 따뜻한 차를 우리고 다과까지 곁들이며 우리가 아는 많은 이들을 위해 수다스런 새해 축복의 기도를 길게 한다.

그러면서 아침까지 거의 깨어 있다.

새해 아침 7시가 되면 담덕이와 마당으로 나가 새해 첫 해님과 바람, 나무와 돌들, 기억나는 지렁이와 서든리, 뒷산 멧돼지와 토끼 그리고 놓치지 않으려 애쓰며 정원의 모든 식물들에게 반가운 인사를 한다.

그렇게 한 시간쯤 정원을 둘러본 후 집 안으로 들어와 그때부터 잔다.

알람을 하지 않아도 오후 한두 시쯤이면 일어나 다시 찻물을 끓이고 따뜻한 방 안에서 책을 읽는다.

책을 좋아하지 않는 남편이 일 년 중 딱 한번 같이 책을 접하는 시간이 이때뿐이다. 담덕이도 익숙하게 편한 자세로 눕는다.

서너 시간 책을 같이 읽는 동안 우린 거의 말이 없다.
명상을 하듯이 새해 첫날을 조용히 마음에 담을 뿐이다.
이렇게 차분히 평화로운 시간을 가져야 비로소 새로운 해를 맞이할 용
기가 나에게 생긴다.

어둑어둑해지는 저녁 무렵이 되면 여유로이 팔공산 드라이브를 한다.
오늘은 집에서 가까운 동화사 쪽의 어느 곳에서 파스타와 와인을 먹었
는데, 창 쪽에 앉은 남편의 모습에서 세월이 묻어났다.
배는 나올 대로 나왔지만 늘 변함없는 눈빛을 가진 남편은 세상에서 제
일 멋진 담덕 아빠다.
올 한 해도 담덕이의 정원에 아낌없는 지원을 해 주시리라ㅎㅎ

더 예쁘고 행복한 새해를 소망한다.
모든 분들, 같이 행복하기요♡

아이들이 어릴 때 들려주었던 책
쉘 실버스타인의 『아낌없이 주는 나무』처럼
인생을 살아야 한다고 이제는 말하지 않는데

정원 한편에서 한나절 가지치기를 한 후
난로에 쓸 땔감으로 사용하기 위해 나뭇가지들을 다듬어
정리하던 큰아이가 담덕이에게 하는 말이 들렸다.

"나무는 마지막까지 우리에게 모든 걸 준단다.
엄마가 너에게 주는 사랑도 그렇잖아.
형아도 아낌없이 줄게.
그러니까 담덕 너는 30살까지 건강하게 살아야 돼."

아이구. 이 덩치 커다란 어른 아들♡
내 마음이 피식 웃었다.

어떤 사람을 알게 될 때 그 사람의 대단한 사회적 지위에 대해 먼저 듣게 되면 부담이 되고 당혹스럽다.
명함에 적힌 것만으로 상대방을 먼저 알고 싶지 않을 때가 있다.
좋은 사람은 천천히 알아 가며 공감하고 싶으니까.

〈백조의 호수〉를 작곡한 사람이 차이콥스키라는 걸 아는 것뿐이면서 그의 다른 발레곡들과 생각까지 잘 아는 것처럼 떠벌리는 것과 같고, 『데미안』을 쓴 작가가 헤르만헤세라는 걸 알고 요약 내용만을 훑어보았을 뿐 찬찬히 책을 읽어 이해하지 않은 것과 같고, 봄날 페퍼민트 화분 하나 잠시 키워 본 것으로 허브에 대해서 다 아는 것처럼 말하는 것과 같은 어설픈 관계는 만들지 않으려 한다.

그러고 보니 스텔라는 그냥 팔공산에서 땅을 사랑하며 사는 담덕이의 엄마다.
만족스럽다.

머릿속을 비울 일이 생기면 한밤중이나 새벽녘에 느닷없이 찾아오는 농땡이 청년이 있다.
집의 보안 시스템을 해제해야만 무사히 들어올 수 있기에 큰아이는 대문 앞에서 머뭇거리다 전화를 걸어온다.
사실 우리는 담덕이가 알려 주어 cctv를 보며 이미 상황을 알고 있지만 종종 모른 체하며 전화를 받은 후 경비를 해제해 주곤 한다.

남편은 큰아이에게,
"아니, 이놈아.
이 시간에 네 집에서 잘 것이지 왜 찾아와 엄마 귀찮게 하냐?"
하면서도 밥은 먹었는지 확인한다.

나는 고맙다.
한밤중에 이 아이가 집으로 와 주어.
나는 참 고맙다.
남편이 어른 자식의 마음을 투박한 말투로 쓰다듬어 주어.

날이 밝으니 큰아이는 언제나처럼 캐모마일 우려 담은 보온병을 들고 담덕이와 정원 산책을 하며 마음의 평온을 되찾고 내가 끓여 주는 밥국(겨울에 떡국과 밥, 묵은지, 어묵 등을 넣어 만드는 우리집 요리)을 먹으며 힘을 얻는 듯하다.
어느 날 불쑥 또 찾아오겠지만 농땡이 녀석이 페퍼민트 같은 기운으로 집을 나서면 된 것이다.

따뜻하게 하려고 난롯불을 피운다.
재를 치우고 장작을 넣는 행동을 익숙하게 한다.

반가운 누군가가 이 추위에 찾아온다고 하여 난롯불을 피울 때는 나의
마음이 익숙하게 움직이는 몸과 함께 춤을 추니 장작불이 더 따뜻해지
고 머릿속으로는 반가운 이를 위한 차를 블랜딩하고 있다.

단아한 소영 선생님이 다녀갔다.
그저께 연락을 받은 후부터 난롯불이 더 따뜻해졌다.
담덕이의 안부를 물으며 그녀가 선물한 꽃잎초와 왁스타블렛에서는 직
접 만든 마음의 향기가 전해졌다.

소중한 이에게 주려고 두어 권 더 간직해 두었던 헬렌 니어링의 책을
난롯불 앞에서 떠올렸다.
2002년도에 발행된 이 책의 가치를 아는 사람에게 선물하는 거라 나도
흡족했다.
영하 9도 시린 겨울날의 한때가 온기로 부드러워졌다.

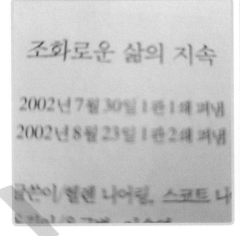

여행지에서 오래 머무르는 것을 달가워하지 않는 담덕이는 가끔 옹달
샘 언어로 우리에게 이제 집에 가고 싶다고 강하게 말한다.
그런 담덕이가 그나마 남해 아난티와 경주 보문호수의 산책로는 태어
나던 해부터 줄곧 다녀서인지 덜 불편해한다.
집 밖의 산책로에서는 가슴줄과 목줄을 해야 하니 자유로운 집이 좋겠지.

담덕이는 기특하게도 차에서 내릴 때 신은 신발을 신고 거실로 바로 들
어가지 않고 현관에서 신발을 벗겨 줄 때까지 기다린다.
집 안에서 생활하는 아이라 밖에 다닐 때는 잠깐씩 신발을 이용하는데,
이 아이는 아기 때 가르쳐 준 것을 실수한 적이 없다.

지난번에는 큰아이 오피스텔에 같이 갔었는데, 청소가 되어 있지 않으
니 마음에 들지 않았는지 복층을 오가며 겨우 깨끗한 자리를 찾아 누워
우리를 웃게 했었다.

담덕이를 배려하며 해마다 남해로 오는 가족 여행.
깔끔한 너를 위해 무엇을 못해 줄까…ㅎㅎ
고양이 서든리의 밥을 챙겨 주고 이제야 출발한다는 형아들이 올 때까
지 엄마가 더 놀아 줄게.

어느 곳을 가든 나무들이 먼저 보이고 허브를 만나면 반갑다.

늦잠을 즐기는 남편과 큰아이를 담덕이에게 부탁하고 오래간만에 작은 아이와 단둘이 아난티에서의 아침 뷔페 데이트를 하고 산책하다가 팔 공산보다 더 따뜻한 남해의 바람을 맞으며 노지에서 겨울을 나고 있는 로즈마리 화분들을 만났다.

얘들아, 안녕?

낮에는 형아들과, 밤에는 아빠와 산책하며 담덕이는 즐거웠다.

산책길에 있는 가게 안이 궁금한 담덕이를 위해 사람들이 덜 붐비는 저녁 시간에 같이 둘러보러 갔는데, 안에서 잠시 쇼핑을 하던 나는 가게 유리 밖 반짝반짝 불빛 아래에서 호기심 가득한 얼굴로 가게 안쪽을 물 끄러미 바라보고 있는 담덕이를 보고 함박웃음이 나왔다.

목줄과 가슴줄을 하고 아빠 손에 연결되어 있는 담덕이는 들어올 수 없는 가게 안 세상이구나.

가게에서 나오자마자 낮에 보았던 로즈마리 화분들과 다시 마주치니 나의 로즈마리들은 온실에서 잘 지내고 있는지 보고 싶어졌다.

겨울을 좋아하는 나는 겨울밤을 무척 사랑한다.

세찬 바람 소리를 들으며 따뜻한 이불 속에서 감사하게 오래도록 읽는

책은 깊이 있는 삶을 알게 해 준다.

한숨 자고 깨어나 그냥 멍하니 앉아 있거나 음악을 골라 듣다가 다시

포근한 잠자리에 들 때면 평화로운 기운이 내면을 채워 주는 것 같다.

나의 눈길이 닿는 어느 곳에서든 존재하는 담덕이는 순수한 사랑 그 자

체다.

오늘 밤은 라벤더 3분의 2에 페퍼민트 3분의 1을 섞어 놓은 느낌이다.

세련된 겨울밤이 있어 꽁꽁 얼어 버리는 추위마저도 너그러워진다.

우리는 보통 3년 정도 묵혀 둔 장작으로 난롯불을 지핀다.

지난번 가지치기 후 다듬어 차곡차곡 쌓아 둔 장작들은 적어도 2년 후에나 사용할 것이다.

요즈음 사용하는 땔감들은 3년쯤 전에 만들어 둔 것들이다.

난롯불의 땔감이 되도록 다듬어진 나무가 긴 시간 숙성되는 동안 담덕이는 친구가 되어 주었다.

난로에 사용할 장작들을 모아 놓은 무더기 무더기마다 순차적으로 사용할 우리만의 표시를 해 놓는다.

거센 바람에 부러지거나 더 건강해지기 위해서 가지가 잘리기 전의 모습을 아는 나는 난롯불을 지필 때마다 땔감으로 다듬어진 나무들에게 고맙다는 인사를 한다.

타닥타닥~

이 생에 미련을 두지 말아라.

마른 세이지와 라벤더도 한 묶음 넣으며 나의 뒷모습을 생각해 본다.

겨울 추위가 느껴지지 않는 포근한 일요일이라 그랬겠지.

담덕이와 산책하며 정원을 둘러보던 남편이 작업복으로 갈아입더니 가지치기를 해 주었다.

남편이 정원에 같이 있으니 온실 청소를 하던 나도 신났고, 공을 던져 달라며 담덕이도 덩달아 신났다.

팔공산에서 가게를 하면서 매월 1일부터 26일까지만 가게 문을 여는 건 나에게 쉽지 않은 결정이었다.

현실적으로 요령 있게 살지 않으리라.

자연 속에서 어떤 속박도 없이 자유롭게 정원 일을 하며 얻는 기쁨은 돈으로는 절대 살 수 없는 것이기에 주말의 하루는 가게 문을 닫고 가족이 함께하며 누리는 행복을 선택했다.

무엇보다 마음이 고요한 상태에서 손의 정성으로 느린 요리를 할 수 있는 시간이 간절했기에 매월 27일부터 새로운 다음 달이 시작되기 전까지는 가게 문을 닫기로 했다.

스텔라가 쉬는 덕에 즐거운 낮 시간을 보냈다는 남편이 욕조에 따뜻한 물을 받아 담덕이와 같이 목욕하며 크게 웃으니, 세상의 가치로 현재를 살지 않으리라는 나의 생각이 이 소소한 행복 앞에서 더 굳어져 간다.

스텔라의 남편은 더 열심히 경제활동을 해야겠지만….

행복한 순간이 있다.

난롯불에 고구마를 구워 식탁 앞에 앉는데, 오후 한 시의 겨울 햇살이 네모난 창문으로 들어와 바닥에 직사각 모양의 따뜻함을 만들어 줄 때.

아~ 행복하다고 느끼는 순간이 또 있다.

지난주에 다녀가신 경주 선생님 댁에서 보내 주신 빵을 꺼내는 지금이 그렇다.

몇 해 전 초여름의 이른 저녁 시간에 앨리와 그레이스가 있는 테라스에서 왈츠를 연습하시던 내 나이 또래의 부부가 있었다.

무슨 말이 필요할까?

그냥 알 수 있었는걸.

담백한 오누이 같은 부부란 걸.

어느 날이면 차분히 찾아오셔서 책을 읽으며 잠시 머무르다 가시는 분들.

세상의 가치로 움직이는 게 갑갑해서 스텔라 스타일로 사는 내 눈에는 보물 같은 분들.

두 분 다 의사이신데 지금은 쉼을 가지며 본인들의 삶을 정비하시는 모습도 공감이 되고.

스텔라에게 소중한 반려견이란 걸 아시고 담덕이를 배려하며 느슨하게 맞추어 주시고 경주로 초대해 주시는 것도 고맙다.

덩치 큰 담덕이를 데리고 다른 댁을 방문하는 게 망설여졌는데, 경주 선생님 댁 집이 완공되고 나면 담덕이와 웃으며 다녀와야겠다.

서든리가 닷새 동안 나타나지 않았다. 대신 서든리의 밥을 두 마리의 다른 고양이들이 번갈아 가며 먹으러 왔다. 무슨 일이람….
서든리에게 우리의 도움이 필요한 일이 생긴 건 아닌지 신경이 쓰였다.

서든리는 물그릇이 꽁꽁 얼어 버린 날에도 찾아왔었기에 우린 따뜻한 물로 물그릇을 녹여 깨끗한 물을 채워 주곤 했었다.
여행을 갈 때에도 집 봐주는 삼촌에게 서든리의 밥을 부탁했었던 우리의 고양이라 이렇게 오래 보이지 않으니 걱정할 수밖에.

그런데 발코니에서 놀던 담덕이가 남편이 담덕이를 위해 만들어 준 담덕이 전용 문으로 후다닥 들어와 알려 주었다, 서든리가 나타났다고.
정말 우리의 고양이였다.

담덕이도 걱정하며 기다렸던 것이다.

우리는 다른 두 고양이들의 이름도 지어 주었다.
검정색 고양이는 미스터 블랙.
누런 줄무늬가 서든리와 비슷해 멀리서 보면 헷갈리는 고양이는 건달.
애네들은 서로 싸우지 않고 사이좋게 번갈아 가며 밥을 먹고 간다.

다른 두 녀석이 나타나며 얌전하고 예쁜 대나무숲의 고양이 아가씨 서든리에게 무슨 변화가 생긴 것 같은데….
담덕이는 알고 있을까?

다행히 서든리만 나타나면 누워 있다가도 알려 주는 담덕이가 있어 다른 녀석들보다 조금 더 신경 써서 밥을 챙겨 줄 수가 있다.
눈으로 보는 세상이 전부가 아니란 걸 알려 주는 아이들이다.

2월

＊

따뜻함으로 가득
채워진 집

세뱃돈 봉투가 춤을 추며 날아다니는 설날 아침이다.

꿈이 찾아오게 만든 큰아이에게.
꿈이 웃고 있는 작은아이에게.
매일 꿈과 뒹구는 담덕이에게.
멋진 청년 동환이에게.
봉투야, 주인을 잘 찾아가렴♡

세뱃돈이 주인을 찾은 후에 먹는 떡국은 더 맛있겠지^^
보라색 로즈마리꽃을 고명으로 얹은 떡국이란다.
몸도 마음도 건강하자.

(작은아이의 친구, 동환이도 같이 설날 떡국을 먹으며 행복했다)

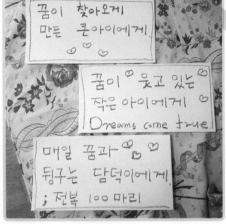

꿈이 찾아오게
만든 큰아이에게
♡ ♡ ♡

꿈이 ♡ 웃고 있는 ♡
작은 아이에게 ♡
Dreams come true

매일 꿈과 ♡ ♡
뒹구는 담덕이에게.
; 전복 100 마리

담덕이가 10살이 되었다.
스텔라 엄마가 만들어 준 미역죽으로 든든한 아침밥을 먹고
공놀이를 하는 담덕이의 평범한 일상이 참 감사하다.

닭고기케이크와 간을 하지 않은 갈비,
담덕이가 좋아하는 사과와 토마토로 차려진 생일상에는
우리들의 사랑이 담겨 있다.

지금처럼 건강하게 있어다오.
너의 곁에 우리가 항상 함께할 거야.
생일 축하해, 담덕♡

손님으로 오셨다가 오랜 시간 친구처럼, 가족처럼 지내는 분들이 있다.
데이트하러 오셨다가 결혼을 하고 아이를 낳고 그 아이가 자라면서 스텔라와 인사하는 삶에는 벅찬 기쁨이 있다.

오래전 갓 스무 살을 넘긴 발랄한 아가씨로 왔었던 은향 씨도 그런 인연이다.
은향 씨는 담덕이의 생일 하루 전에 미리 축하해 주려고 비건 케이크(vegan cake)를 들고 가게로 찾아왔었다.
아무 장식도 없이 하얗고 깔끔한 코코넛 케이크 윗면이 눈에 띄었다.
이 아가씨는 케이크를 담덕이에게 선물하고 나서 친구들과 차를 마시며 어떤 택배가 도착하기를 기다리고 있었다.
무엇인가를 더 주문했나 보다.
무얼까?

오랜 시간 기다려도 약속한 날짜대로 배달되지 않는 선물을 섭섭해하며 돌아갔는데, 무척 궁금했던 그 선물이 담덕이의 생일 다음 날 도착했다.

와우~ 케이크 위 장식이었구나^^
이렇게나 놀라울 수가♡
빨간 양말을 신고 있는 담덕이와 스텔라잖아, 하하하.

덕분에 담덕이의 생일 축하를 한 번 더 하는 즐거움이 생겼다.
담덕이를 위한 케이크 장식을 미리 주문하고 거기에 어울리는 빵을 또 주문 후 이 산속까지 가져다준 그 정성에 우리 담덕이는 오늘도 행복하다.

계획한 대로 생각한 대로 잘 흘러간다면 어찌 삶이라 하겠는가.
살아 보니 삶은 가끔 어긋나며 또 다른 의미로 다가오곤 하던걸. ㅎㅎ

담덕이가 온 이후부터 나의 삶은 이 아이와 함께 이루어졌다.

정원 한편에 있는 농원의 일을 같이하고 가게 문을 같이 열고, 무엇보다 하루에 두 번은 같은 시간에 밥을 먹고 가게 문을 같이 닫고 같이 산책하고 같이 잠을 잔다.

점점 나이 들어가는 담덕이와 마주하는 시간을 늘리기 위해 일하는 시간을 대폭 줄이고 추구하는 많은 것을 포기하지만 이 삶에 후회는 없다.

담덕이라는 따뜻한 생명체를 통해 텔레비전에서 보는 코끼리의 눈빛을, 대나무숲의 고양이 서른리의 아픔을, 십여 년 넘게 가족이 된 두꺼비 꺼비 총각의 겨울 안부를, 정원에 가득한 새들과 나무들의 속삭임을, 스텔라 역시 지구를 다녀가는 생명체일 뿐임을 깊이 느끼게 되었다.

클레마티스를 위한 철망 앞에서 공을 가지고 놀던 담덕이가 봄을 맞이하려 비움의 시간을 정리하는 정원을 멍하니 바라보고 있을 때면 담덕이와 나무들과 스텔라가 하나임을 알 수 있다.

지난 12월부터 겨울비가 한 번도 내리지 않았다.
그렇게 기다린 함박눈도 우릴 잊어버린 건지….

담덕이는 추운 겨울을 잘 견디고 있는 온실 속
친구들을 찾아가 봄이 오고 있다고 말하는데
나는 여전히 겨울비를 기다리고 있다.

함박눈이어도 좋겠지.

지난밤처럼 바람이 세차게 불 때면 밤새 우리 집이 날아다닐 것만 같다.

다가오는 봄의 아침 햇살이 이르게 느껴져 창밖을 내다보면 제자리에 있는 모든 것들이 새삼 반갑다.

특히나 아무렇지도 않다는 듯 반겨 주는 나무들은 더.

시내버스가 다니지 않는 도로 옆의 한적한 집이라 바람 소리뿐인 밤들에 익숙해지는 건 자연스러웠지만, 아이들이 어릴 때에는 이렇게 말했었다.

"우리 집은 강한 스텔라 보호막이 쳐져 있어서 아무리 바람이 불어도 끄떡없단다."

텔레비전에서 하는 〈건축탐구〉에 나오는 집들을 볼 때면 아주 많은 유혹을 받는다.

20년을 산 집이다 보니 보완할 곳이 한두 곳이겠는가.

머릿속으로 밤새 백 채의 집을 짓고 허무는 날도 있다.

어느 날 큰아이가,

"엄마는 미로 같은 우리 집을 더 편하게 고치고 싶으시겠지만 저는 지금이 좋아요. 낡긴 했지만 곳곳에 어릴 때의 기억들이 그대로 남아 있잖아요. 우리가 담덕이와 함께한 흔적들도 그대로예요."

그러고 보니 재료가 나무로 된 것들이 많은 집이라 담덕이의 발톱이 남긴 흔적이 나무 계단에도 있고, 접이식 사다리와 나무 서랍장, 침대 기둥에도 담덕이가 이갈이하며 갈아 놓은 흔적들이 남아 있다.
담덕이가 온 첫해 여름날 자고 일어나면 나무 부스러기들이 생겨 얼마나 웃었던가~~
삐거덕거리는 다락방 사다리와 부서진 목욕탕 문에도 청년이 된 두 아이들의 어린 시절이 담겨 있다.

방마다 걸려 있는 착한 마녀들을 창가로 데려가 붓으로 먼지를 털어 주면서 집에 대한 내 욕망의 먼지도 털어 내 본다.

추억이 가득해 웃음이 묻어나는 집이잖아.
세련됨을 포기하고 60세가 되기 전까지 살펴보면서 노후에 편리한 집을 다시 고민해 보자.
담덕이와 우리들의 삶이 고스란히 스며들어 따뜻함으로 가득 채워진 집이잖아ㅎㅎ

푸틴은 담덕이와 고양이들에게 배워야 한다.
세 마리의 고양이 서든리와 미스터 블랙, 건달은
싸우지 않고 서로 번갈아 가며 나타나 밥을 먹고 간다.

고양이들이 무서워하는 담덕이도 서든리가 나타나면
스텔라에게 알려 줄 뿐 고양이들을 인정하고 간섭하지 않는다.

우크라이나의 국민들과 자연은 우크라이나의 것이고
지구는 평화로이 공유하는 것이다.
평화로운 지구를 만들기 위해 행동하지 않고
정의로운 목소리를 내지 않고 뒤에서 수다만 떠는 건 부끄러운 일이다.

착한 마녀가 되어 창고 앞에 놓인 대나무 빗자루를 타고
러시아로 날아가 평화와 공존의 마법을 뿌려 주고 싶다.

담덕이와 즐겁게 구례 여행을 다녀와 여행 가방을 정리하다 접한 소식,
이어령 선생님이 돌아가셨다네.

피곤했던지 소파에서 내려올 생각을 않는
천진난만한 담덕이를 보며 혼잣말을 해 본다.

"아~ 담덕아.
젊음은 나이가 아니라 생각이 만드는 것이라 하신
이어령 선생님이 하늘나라로 가셨대.
오늘부터 밤하늘에는 커다랗고 영롱한 새로운 별이 빛나겠구나."

라벤더를 찻잔에 담아 차분하게 마음을 전한다.
이어령 선생님이 계신 대한민국이라 뿌듯했습니다.

3월

*

더 많은 행복을
주고 싶어

지난 12월부터 기다려도 감감무소식이던 겨울비가 3월의 첫날 아침에 봄비가 되어 살짝 내렸다.
의미 있는 삼일절에 내리는 비라 그런지 모나지 않은 차가움이 푸근하게 와 닿았다.

사랑하는 담덕이와 이 비를 느끼고 싶어 정원으로 걸어갔다.
우산 없이 행동한 뒷일은 나중에 생각하고 지금은 이 순간을 즐기리라.
나무들의 표정에서 온천욕을 즐기는 나의 기분이 느껴져 더 행복했다.

담덕이가 욕조에 들어가는 동안 현실적인 남편은 따뜻한 잔소리를 섞어 호떡을 구워 주는데, 온몸으로 비를 맞은 나는 건조했던 심장이 그나마 촉촉해진 것 같다.

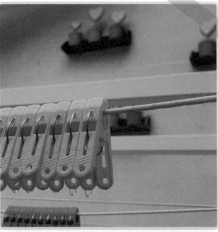

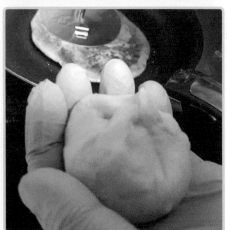

사전투표를 마치고 나서다 보니 차 안에서 엄마를 기다리던 담덕이가 앞좌석으로 옮겨 와 스텔라를 쳐다보고 있었다.

국민들은 물론이고 그 국민들이 사는 나라의 유기견들과 반려동물까지 두루두루 살피시는 분이 대통령이 되셨으면 좋겠다.

심한 가뭄에 바람까지 거센 날 곳곳에서 산불이 발생해 염려되는데, 이번 선거가 차분하게 마무리되면서 촉촉한 비가 축복처럼 내렸으면 좋겠다.

간절히 기다리던 비소식이 내일 있다.

봄기운 가득한 단비가 내리면 흠뻑 적셔 주고 싶은 마음에
이른 아침부터 몇몇 아이들을 온실에서 밖으로 옮기는데
흐뭇하고 왠지 뿌듯하다.

주말 계획 중에 엄마의 농원 일을 돕는 게 있었다는 큰아이가
일찍 도착해서 무겁고 큰 화분들을 번쩍 들어 옮겨 주니
나의 입꼬리는 올라가고 형아를 따라다니며 담덕이도 즐겁다.

모두의 마음을 부드럽게 적셔 줄 봄비를 기다린단다.

봄비가 내렸다.
메마른 대지에서 맞는 봄을 힘들어하던 아이들이
여유로이 얼굴을 내밀었다.
소프워트, 센트 존스워트, 캣닙 등등.

산속의 3월은 내면에 아직 겨울을 안고 있기에 더디게 봄과 인사하는데
어제오늘 내린 봄비가 심한 겨울 가뭄으로 지쳐 있던
나무들의 표정을 느긋하게 만들어 주어 봄이 기분 좋게 올 것 같다.

봄비가 부드럽게 만들어 준 땅에 연신 코를 킁킁거리는
담덕이의 발바닥에는 5개의 초콜릿이 박혀 있다.
나에겐 세상에서 제일 달달한 초콜릿이다.
바라만 봐도 귀여운 담덕이의 발바닥 초콜릿♡

3월에 내리는 새해 첫눈이다.
눈이 내리면 멈춤, 세상은 느려지고 부드러워진다.

나는 따뜻한 기억 속 어린 시절로 시간 여행을 하며 뜨개실로 연결된
벙어리장갑을 끼고 눈사람을 만들고 있다.
진눈깨비로 바뀐 하늘을 보며 담덕이도 멈춤, 10살이 된 담덕이는 이제
뛰어놀기보다 야외 부엌 처마 밑에서 내리는 눈을 바라보더니 어느새
그린게이블즈 안으로 들어와 창밖을 보고 있다.

눈이 사라지기 전에 뽀드득 눈 발자국을 만들어 보렴.
욕조에 따뜻한 물을 받아 둘 테니 마음껏 바라보다 오너라.

나는 너에게 더 많은 행복을 주고 싶어.

우리말은 참 아름답다.

그중에서도 내가 사랑하는 우리말 중에 '꽃샘추위'가 있다.

이른 봄, 꽃이 필 무렵에 갑자기 추워지는 날씨를 이렇게나 예쁘게 불러 주니 봄을 시샘하듯 한두 차례 꽃샘추위가 왔다가도 부끄러워 얼른 사라져 주는 것 같다.

바람을 막아 주며 볕이 잘 드는 대나무숲 입구에서 세 마리의 고양이들이 따스함을 찾아 웅크리고 있을 때가 있는데, 오늘은 서든리와 미스터 블랙은 보이지 않고 건달만 와 있었다.

이른 봄을 느껴 보라고 온실에서 내놓은 몇몇 화분들이 꽃샘추위에 지칠까 신경 쓰여 해 질 무렵이면 실내로 들였다가 낮이 되면 밖으로 내놓길 반복하고 있다.

옹달샘 언어로 속삭여 주는 담덕이의 사랑에 수국 화분은 더 예뻐지는 듯하고, 장독대 앞 수선화는 다소곳이 어여쁘다.

팔공산의 전원에서 살다가 모든 걸 정리하고 며칠 전 이사를 가신 댁에서, 여러 개의 항아리를 두고 떠나갔으니 담덕이네 집에서 가져갈 수 있느냐는 전화를 주셨다.

뒷창고 앞 매화꽃이 예쁜 날, 트럭을 몰고 남편이 가져온 항아리들은 귀한 대접을 받았던 표정이 배어 있었다.

이 항아리들을 사용하셨던 분을 알기에 그분이 이 항아리들을 모으면서 담았을 자연에서의 꿈도 같이 느껴졌고, 마지막까지 이곳에 애착을 가지며 오랜 시간 고민하다 결정하신 이사였으려니 생각하니 가슴이 먹먹해져 왔다.

스텔라를 떠올리고 이 항아리들을 주셔서 감사합니다.

얘들아, 안녕?
담덕이네 집이란다.
우리가 사랑해 줄게.

이 항아리에 담으셨던 꿈이 있었다는 추억만으로도 삶은 아름다운 것이니 어디서든 행복하시길 바라는 마음을 온실에서 꽃피운 라벤더로 전해 볼까나.

목련꽃이 우아한 아침에 문성희 선생님이 오셨다.
지난해부터 청도에 계신다는 소식을 듣고도 한번 찾아뵙지 못했던 터
라 환한 목련꽃의 웃음만큼이나 반가움이 컸다.
담덕이도 왈왈왈 맞이해 드리고.

십여 년 전 선생님이 괴산에 계실 때 담덕이도 엄마 아빠와 함께 평화
가 깃든 밥상 마스터 과정 수업을 따라다녔었다.
그때 선생님 댁 현관 안쪽에서 호기심 가득한 눈으로 기다리던 꼬맹이
담덕이가 어느덧 선생님과 비슷한 연배가 되었고, 스텔라에게도 그만
큼의 세월이 담겼다.

추구하는 삶이 비슷한 누군가를 위해 허브티를 준비하는 것은 기쁨이다.
청도 생활을 정리하시고 이제 곧 따님 내외와 구례에서 새 터전을 준비
하신다는 선생님의 목소리에서 설렘과 편안함이 느껴져 같이 행복했다.

벚나무 아래 목련이 이틀 만에 더 탐스러워졌다.
클레마티스를 심는 동안에도 그 우아하고 환한 목련을 수시로 바라보
며 3월의 마지막 날을 보냈다.

작년 5월에 클레마티스를 위한 공간을 만들어 두고 그동안 허브티 찌
꺼기 모은 것으로 거름을 만들어 땅을 보듬어 주었었다.

멧돼지들이 가끔씩 산책하는 모습이 보이는 산 쪽의 온실 가는 길에 경
계 울타리처럼 철망을 세워 43포트를 심는 동안 담덕이는 묵묵히 보디
가드가 되어 주었다.

27일부터 새로운 달이 시작되기 전까지 갖는 휴가 기간은 머릿속에 나
만의 빈 공간을 만들어 주는 여유로운 날들이다.

내일부터 시작되는 4월을 알차게 보낸 후 맞이할 4월의 휴가 기간은 또
다른 느림의 날들로 채워지겠지.

두근두근~~
예쁜 아이들이 마구마구 나타나는 4월이 내일이다.
꽃향기를 맡느라 담덕이의 코가 제대로 바빠지겠는걸ㅎㅎ

4월

*

바람을 타고 춤을 춘다

우리에게 4월은 담덕이를 만난 달이다.
2월에 태어난 담덕이는 다른 곳에 입양되었다가 파양되어 4월에 우리 집에 오게 되었다.

아버지 돌아가신 후 봄이 늦가을처럼 느껴지던 그해 4월에 우리에게 온 담덕이는 이미 스텔라를 알고 있다는 듯 친근한 행동들이 나를 닮아 하늘에서 아버지가 연결해 준 아이 같았다.

벚꽃이 한창 아름다울 때 있는 작은아이의 생일을 지나면 담덕이가 오던 날이 떠올라 벚꽃이 질 때쯤 있는 아버지의 기일도 이젠 애틋할 수 있다.

오늘 아침 앨리와 그레이스를 보니 며칠 지나면 피기 시작할 것 같다.
테라스에 벚꽃이 흐드러지는 순간이 올 것이고 우린 자다가도 일어나 창문을 열고 가슴 벅차게 사랑의 언어를 쏟아 내겠지.

이 모든 순간들이 담덕이와 함께라서 더 행복하다.

앨리와 그레이스가 활짝 폈다.
앨리와 그레이스가 웃으면 우리도 행복하다.

우리가 행복해하면 앨리와 그레이스는
바람을 타고 춤을 춘다.

반가운 이들과 테라스에서 벚꽃을 감상하려고 팟럭(potluck)을 곁들인 티타임을 가졌다.
밤벚꽃으로 연결해서 보려고 어제 오후 4시쯤 모였다.
스텔라가 준비한 봄밤을 위한 브랜딩 허브티에 각자 준비해 오신 케이크와 과일들, 꽈배기 등등으로 누리는 앨리와 그레이스 아래에서의 시간은 즐거움으로 가득했다.

스텔라를 고모할머니라고 부르는 송원이는 엘사 공주님으로 나타나 정원에 사용하려고 둔 돌들로 블록 쌓기 하듯 담덕이를 위한 성벽을 만들어 두고 갔다.
오늘 아침에 담덕이는 어제 송원이가 만들어 둔 성벽을 궁금해했다.

가끔씩 부는 4월의 바람은 하루에도 여러 번 다른 느낌으로 스쳐 간다.
이른 아침과 오전 11시, 오후 2시, 해 질 녘 그리고 밤 11시쯤의 바람은 각기 다른 어느 순간들의 기억들을 살짝살짝 뿜어내 준다.

이제 며칠 뒤면 이 바람이 앨리와 그레이스의 꽃잎들을 멀리멀리 날려 보내겠지만 우리는 언젠가의 바람이 전해 줄 향기 속에서 지금의 순간을 추억으로 떠올리겠지.

수선화도 예쁘고 해마다 쑥쑥 알아서 자라는 파도 기특하다.

상추는 귀엽게 올라오고 초여름 같은 낮더위에 장미와 라벤더도 아름답다.

라일락도 해당화와 영산홍도 어느새 꽃피울 준비를 마쳤다.

온실에서 바질도 꺼내 놓고 딜과 스테비아, 레몬버베나도 노지에 옮겨 심었다.

이런 스텔라엄마를 한나절 따라다니던 담덕이가 침을 많이 흘렸다.

처음 있는 일이라 놀랐지만 가만히 생각해 보니 그럴 만도 했다.

어제 오후에 담덕이 진료를 위해 서울에서 제 원장님이 내려오셔서 광견병과 종합백신을 접종해 주셨는데, 이후 제대로 쉬지도 못하고 무리한 것 같다.

아기 때는 접종 후에도 끄떡없더니 담덕이가 이젠 세월을 감당해야 되는 나이가 되었으니….

힘에 겨워하며 테라스 벤치에 엎드려 멍하니 나를 바라보던 담덕이는 무슨 생각을 했을까?

수건에 시원한 물을 적셔 담덕이의 턱을 닦아 주는데 자꾸만 눈물이 나와서 그냥 꼬옥 안아 주었다.

담덕 아부지가 늦잠을 즐기는 토요일.

6시가 되기 전에 담덕이와 정원에 나가 여유로이 정원 일을 하다 보면 새소리와 더불어 주말 아침 산책을 하며 집 앞을 지나가는 사람들의 밝은 목소리도 들려온다.

만약 그때 지나가던 누군가가 살구나무가 있는 우리 집 위쪽을 문득 쳐다본다면 단발머리를 한 커다랗고 하얀 삽살개가 아래를 내려다보고 있는 것을 알게 될 것이다ㅎㅎ

노지에서 씩씩하게 겨울을 보낸 램스이어와 어여쁜 해당화에게 인사하고 왕관 모양으로 피어나는 영산홍에게도 달려갔다가 라일락 향을 맡으며 행복해하는 담덕이의 4월이 이곳에 있다.

모자를 눌러쓰고 선크림을 발라도 볕에 얼굴이 따끔따끔하게 느껴질 무렵이면 기미가 생길까 신경 쓰이고 고구마와 민트티, 토마토 생각도 간절하기에 정원 일을 마무리하고 담덕이와 벚꽃길을 걸어 집 안으로 들어간다.

평화롭고 감사한 아침이다.

4월이 머무르는 담덕이네 집에는 라일락 향이 가득하다.

담덕이는 가끔 남편과 떨어지지 않으려고 할 때가 있다.
산속에서 정원 일의 즐거움을 택한 스텔라의 삶을 위해 남편은 여러 편리함과 경제적 이익을 포기하고 재택 위주의 일을 해야만 했다.
그 덕에 담덕이는 아빠와 많은 시간을 같이하는데도 한 번씩은 잠시도 떨어지지 않으려고 한다.

남편이 컴퓨터 방에서 작업을 할 때도 책상 아래에 들어가 누워 있으려 하고, 창고에서 일을 할 때도 따라가서 종이 상자 안에 먼저 들어가 누워 버려 우리를 웃게 만든다.
심지어 남편이 잠깐 짬을 내어 나뭇가지를 다듬어 줄 때도 기어이 따라가서 가까운 곳에 엎드려 바라보고 있다.

남편은 일에 집중하지 못하고 조심스러워하면서도 괜히 으쓱해하고, 기분 좋은 감정을 얼굴에 그대로 드러내며 담덕이에게 말한다.

"아빠가 저녁에 고기 구워 줄까?"

크리핑타임 가격을 묻는 손님에게 값을 알려 주면서 목소리가 작아질 때가 있다.
이렇게 어여쁜 아이의 값을 정해서 이 아이 앞에서 얘기하는 건 한 번씩 미안해지더라.

꽃비가 날린 후 벚꽃이 질 때도 애잔했다.
꽃이 떨어진 후 버찌가 열리고 무성한 잎으로 아름드리 그늘을 만들어 우리의 여름날을 시원하게 해 주는 소중한 존재인 걸 우리는 알지만, 앨리와 그레이스 아래를 지나던 누군가가 꽃이 다 져서 이젠 예쁘지 않다고 무심코 하는 말에 애들이 살짝 서운해할까 봐 남편에게 부탁해 하트를 만들어 달아 주었었다.

자연 속에서 자란 담덕이는 알고 있다.
스텔라의 마음이 어떤 형태의 사랑인지.

매월 27일부터 갖는 휴가 기간에는 하루 종일 정원 일을 하고 전시회나 여행도 가고 무엇보다 손의 정성으로 느린 요리를 할 수 있어서 좋다.

4월의 휴가 기간에는 더 더워지기 전에 담덕이와 미술관을 다녀오려 한다.
남해에 있는 바람흔적 미술관과 영천에 있는 시안 미술관은 담덕이와 추억을 만들며 해마다 다녀오는 곳이다.

좋아하는 드라마 〈전원일기〉에서 가족들이 다 같이 모여 밥을 먹을 때면 나도 같이 그 밥상에 숟가락을 올리고 싶어진다.
그런 따뜻한 밥을 천천히 할 수 있는 시간이 휴가 기간에는 넉넉해서 좋다.
여유로운 밤의 시간이 주어지면 삶을 느끼며 보는 드라마 〈나의 아저씨〉에 나오는 이지안(아이유)에게 그런 따뜻한 밥을 고봉으로 주는 사람으로 살고 싶다.

라일락 열두 자매들은 우리를 설레게 하고
지난겨울의 심한 가뭄을 걱정한 나의 마음을 안다는 듯 연초록 잎으로 미소를 전해 주는 자작나무 오 형제는 멋있다.

연보라색 꽃을 마구마구 보여 주는 로즈마리 아래에서 크리핑 타임도 보라색으로 땅을 덮고 있다.
온실에서 노지로 옮겨 심은 라벤더도 기운을 차렸고, 캐모마일도 하나둘 모습을 보이기 시작하고 레몬밤과 체리 세이지도 풍성해지고 있다.

이제 5월이 되면 장미들의 환호성이 시작되겠지.

에필로그

힘에 겨웠던 지난날
가려진 농원으로 멈추려 했던 땅이

꽃과 나무를 좋아하는 담덕이를 위한
정원으로 바뀌어 갔다.

담덕이가 온 이후
짧지 않은 시간 동안 나는 노력했고
여전히 손을 움직여 진행 중이지만

이제는 감히 정원이라고 말할 수 있을 것 같다.
뿌듯함 가득 담아~

스텔라의 농원은
담덕이의 정원 한편에 존재한다고.